Die Baumis

Florian G.

Die Baumis

Bericht über einen gescheiterten Traum

Herstellung und Verlag: BoD – Books on

Demand, Norderstedt

Made with ♡ and LATEX

ISBN: 9783758302596

Vorwort zur 2. Auflage

Über zwei Jahre ist es nun her, dass ich all diese Erlebnisse zu Papier gebracht habe. Es hat mir geholfen, damit umzugehen. Aber ist es damit aus meinem Kopf verschwunden? Sicher nicht.

Zeit heilt vieles, aber nicht alles. Ich werde auch in meinen heutigen Beziehungsmustern immer wieder daran erinnert, was mir damals widerfahren ist. Und mir wird immer klarer, wie gewaltvoll diese Situationen waren. Dass dies die schlimmste Zeit meines Lebens war und welche Spuren sie hinterlassen hat.

Trigger werden mit der Zeit weniger, aber sie hören kaum je ganz auf zu existieren. Deshalb bin ich weiterhin in therapeutischer Behandlung. Ich brauche Werkzeuge, um mit dem Geschehenen umzugehen, denn:

Ich bin nicht schuld.

Ich habe in dieser zweiten Auflage am Text wenig verändert, auch wenn er mir - aus heutiger Perspektive - zu "sachlich" geschrieben ist. Ich möchte aber mit diesem Buch vor allem anderen Menschen einen Einblick in das geben, was geschehen ist. Emotionalität wird mich hinsichtlich dieser Zeit sowieso ein Leben lang begleiten.

Im Gegensatz dazu habe ich auf meinem Blog *mental anarchy* während dieser Zeit und danach sehr viel über meine Gefühle geschrieben. Einige Texte habe ich im Anhang ab Seite 133 gesammelt. Schreiben war und ist ein großes Ventil für mich. Mittlerweile führe ich regelmäßig Tagebuch und kann diese Praxis sehr empfehlen!

Nur das Schlusswort habe ich ergänzt: es bestand in der ersten Auflage nur aus Stichpunkten, ich hatte vergessen, es auszuschreiben. Außerdem habe ich das Inhaltsverzeichnis entfernt und dafür *Dramatis personae* (Seite 13) eingefügt.

Hamburg, Oktober 2023

Vorwort

Alle Eindrücke und Beschreibungen, die ein Mensch zu Papier bringt, sind naturgemäß subjektiv.

Die Abhandlung über persönliche Erlebnisse soll und muss von der eigenen Sicht der Dinge geprägt sein. Hieraus resultieren sowohl Vorteile, wie auch Nachteile.

Die singuläre Sicht auf das Geschehen bringt dem*r Leser*in das Innenleben des Autors näher. Im Gegensatz dazu bestünde in der Erzählperspektive *allwissender Erzähler* (dritte Person) kaum die Möglichkeit, den*die Leser*in durch eine bestimmte Brille sehen zu lassen. Diese Perspektive steht für eine Tatsachenerzählung wie diese aber sowieso außer Frage.

Gerade bei einer solch komplexen Handlung ist es außerdem nicht unwichtig, den*die Leser*in in die Lage zu versetzen, sich mit der Hauptperson identifizieren zu können. Eine reine Aufzählung der Geschehnisse wäre recht langweilig und unverständlich.

Auf der anderen Seite können dadurch auch viele Details, die der Autor nicht als wichtig erachtet oder schlicht nicht weiß, verloren gehen. Sie sind in diesem Fall für das persönliche

Erleben des Autors, um das es hier geht, aber auch nicht von Belang.

Ich habe mir viel Mühe gegeben, alles was passiert ist, so neutral wie möglich darzustellen und meine Gedanken und Gefühle als solche kenntlich zu machen. Mir ist durchaus bewusst, dass Menschen, die außer mir in dieser Geschichte auftauchen, zu anderen Schlussfolgerungen kommen als ich.

Dies ist meine Geschichte.

Dramatis Personae

Flo, das bin ich
Jeany, meine Partnerin und Podcast-Co-Host
Mohammed, der erste Mitbewohner
David, zeitweiliger Mitbewohner
Noel, der zweite Mitbewohner
Juli, seine Freundin und spätere Mitbewohnerin
Judith, zeitweilige Mitbewohnerin
Änne, Davids Partnerin
Steffi, Co-Organisatorin des Poly-BDSM-Stammtischs
Jan, ihr Partner und Freund der WG
Linda, meine Ex-Partnerin
Melina, Journalistin und Freundin der WG
Desirée, ihre Mitbewohnerin
Nina, Sexarbeiterin
Lucy, Freundin, Pleasure Party Host und Psychotherapeutin
Manu, Gast der 1. Pleasure Party
Katharina, Gästin der 2. Pleasure Party
Katrin, mein Date
Marcel, Jeanys Date und Partner
Nora, Jans Partnerin
Melanie, Jans Date

Janina, Freundin aus Frankfurt
Undine, Date von okCupid und Freundin der WG
Ramona, Date von okCupid und Freundin
Natascha, Jeanys Date
Max, Freund der WG
Maria, spätere Mitbewohnerin
Marie, Date von okCupid
Mira, Date von okCupid
Phillipp, Freund der WG
Lea, seine Partnerin
Lina, Freundin der WG
Beth, Freundin der WG

Einige Namen wurden geändert, um die Personen zu schützen.
Die Namen der Hauptprotagonist*innen wurden nicht verändert.
Täter*innen müssen benannt werden.

*Wie wir behandelt werden,
beeinflusst,
wie wir uns selbst sehen.*

Dr. Judith Spisak, Psychotherapeutin

Content Notes
Sexualisierte Gewalt, Suizidgedanken, Fatshaming,
Narzissmus, Depression, Substanzmissbrauch,
Gaslighting, emotionaler Missbrauch, Essstörung

Wie alles begann

Der Ursprung der Baumacker-WG

Januar - Oktober 2019

Die Idee zur Gründung einer eigenen WG reifte bei Jeany und mir unabhängig voneinander schon seit einigen Jahren. Bei unseren ersten Dates im Januar/Februar hatten wir über Wohnformen gesprochen, die wir uns vorstellen können und stießen dabei auf erstaunlich viele Gemeinsamkeiten. Wir beide wollten eine WG, in der man nicht fragen musste, wen man mitbringt; in der Entscheidungen per Konsens getroffen wurden; in der alle solidarisch miteinander sind; und in der nur vegan gegessen und gelebt wird. So war es nur folgerichtig, dass wir uns nach erfolgloser WG-Suche dazu entschlossen, dieses Projekt selbst umzusetzen.

Die Wohnung im Baumacker 42 im Hamburger Stadtteil *Eidelstedt* war schnell gefunden und der Umzug lief reibungslos. Jeany und ich streckten die Kaution vor (etwa 6000 Euro), aber beließen in den Untermietverträgen die Kaution bei 600 Euro, um es auch Menschen mit weniger Einkommen zu ermöglichen, Teil unserer Gemeinschaft zu werden. Außerdem erklärte ich mich dazu bereit, mehr Miete zu zahlen als die anderen (530 statt 450 Euro), weil ich in meiner damaligen privilegierten Position als IT-Freiberufler mehr als genug verdiente. Dass ich diese Entscheidung noch bereuen sollte, wusste ich zu diesem Zeitpunkt nicht.

Unsere Mitbewohner*innen-Suche lief nicht immer einfach ab. Mohammed haben wir schon vor dem Einzug gefunden und es war uns sehr schnell klar, dass wir ihn bei uns haben wollten. David wollte nicht in einer WG wohnen, aber zog ein Zimmer bei uns einer Airbnb Unterkunft vor. Das ersparte ihm das ständige Pendeln von Oldenburg zu seinem Job nach Hamburg. Außerdem war er zwar ein netter Typ, passte aber mit seinem Job im Vertrieb nicht unbedingt zu uns. Noel kam als erster Kandidat, nachdem Jeany und ich schon eingezogen waren, und wurde von uns auch direkt angenommen. Er meinte noch "ich nehm nur ganz selten Drogen", was sich hinterher als nicht ganz der Wahrheit entsprechend herausstellen sollte. Durch eine spontane Absage einer anderen Kandidatin blieb David zwei Monate länger als geplant.

Nach Noels erster Schulwoche im August saß Juli bei uns zum Abendessen und es ergab sich, dass Juli und Noel ein Paar wurden. Juli war von da an fast dauerhaft in der WG. Im Oktober ist schließlich auch Judith eingezogen und David zog mit Änne, seiner Freundin, die mittlerweile einen Job in Hamburg gefunden hatte, ins provisorische Flurzimmer.

Damit war die WG vorerst komplett.

Poly-BDSM-Stammtisch

Sommer - Herbst 2019

Noch bevor alle in die Baumacker-WG eingezogen waren, gründeten Jeany und ich den Poly-BDSM-Stammtisch in Hamburg. Wir schrieben eine Person an, die einen solchen Stammtisch schon einmal in Hamburg organisiert hatte und bekamen als Antwort, dass wir nicht die Einzigen sind, die sich für eine Neugründung interessierten. Also wendeten wir uns an Steffi, besagter interessierter Person, und beschlossen zu dritt, alles für eine Neugründung in die Wege zu leiten.

Noch vor dem ersten Poly-BDSM-Stammtisch statteten wir dem Poly-Stammtisch in Hamburg einen Besuch ab. Steffi war auch dort und hatte Jan als Date dabei. Wir fanden ihn von Anfang an sympathisch, aber Steffi wurde nicht müde, ihn (auch vor allen anderen) als *fett* zu bezeichnen. Kurze Zeit später wurden die beiden trotzdem ein Paar und Jan zog direkt bei Steffi ein.

Bei diesem ersten (und einzigen) Besuch beim Poly-Stammtisch lernten wir auch Melina kennen, die im weiteren Verlauf noch eine Rolle spielen wird.

In den nächsten Wochen und Monaten wurde Steffis Verhalten zunehmend merkwürdiger. Jan berichtete uns von Steffis Psychosen und ihrem gewalttätigem Ex-Ehemann, der noch

mit ihr im gleichen Haus wohnte. Auch Jeany und mir gegenüber wurde sie immer grenzverletzender und so distanzier-
ten wir uns mehr und mehr von Steffi. Später schloss sie sich
der Querdenker-Szene an, also war unsere Einschätzung wohl
gar nicht so falsch. Jan hingegen wurde mehr und mehr Teil
unseres Freundeskreises, nachdem er sich von ihr getrennt hatte.

Zum Zeitpunkt als unser erster Poly-BDSM-Stammtisch
im *froindlichst* statt fand, hatte ich immer noch mit einer
Schluckstörung zu kämpfen, durch die ich seit der Trennung
von meiner Ex-Partnerin Linda fast nichts Festes essen konnte.
Die Loaded Fries, die im *froindlichst* vor mir standen, musste ich abgeben, weil ich eine ständige und unkontrollierbare
Angst hatte, mich zu verschlucken und zu ersticken. Ich fühlte
mich miserabel und verlor etwa 10 Kilgramm Gewicht in drei
Wochen. Im Laufe des Sommers, nach zwei Besuchen in der
Notaufnahme und einer Menge Psychotherapie und Logopädie
wurde es zum Glück langsam besser. Heute kann ich wieder
normal essen.

Den Poly-BDSM-Stammtisch gibt es, nach Corona-beding-
ter Pause, heute wieder - allerdings ohne Jeany.

Was wir uns von einer WG wünschen

Sommer 2019

Schon lange bevor ich Jeany kennenlernte, schrieb ich auf, was ich mir von einer Gemeinschaft wünschte. Schließlich hatten auch Linda und ich schon darüber gesprochen, solch ein Projekt zu gründen. In meinen Plänen tauchte stets Solidarität auf: niemand, der*die einen gesellschaftlich wichtigen, aber schlechter bezahlten Job hat, sollte davon abgehalten werden, bei uns zu wohnen. Mehr noch: die Gemeinschaft sollte die gesellschaftliche Lohnungerechtigkeit zum Teil ausgleichen!

Meine Vision war folgendes Modell: einige Menschen gehen Lohnarbeit nach und bezahlen so die Ausgaben der Gemeinschaft. Andere arbeiten innerhalb der Gemeinschaft, zum Beispiel im Gemüseanbau. Es sollten sich alle nach ihren Fähigkeiten einbringen können. Auch das Konzept der Baumacker-WG bestand zu einem nicht unerheblichen Teil aus Solidarität.

Die Gemeinschaftskasse war beispielsweise solidarisch finanziert, d.h. alle zahlten einen Beitrag ein, der abhängig von ihrem Einkommen war. Ich verdiente anfangs am meisten von allen, also zahlte ich auch den größten Betrag ein: 190 von den 500 Euro, die wir monatlich benötigten.

Dinge änderten sich aber, als ich entschied, im *innerluck* als Koch zu arbeiten und Jeany ihren Job als Erzieherin auf-

27

gab, um im *Vunderland* als Verkäuferin anzufangen. Wir verdienten zwar beide schlagartig weniger, allerdings zahlte ich bewusst nicht weniger in die Gemeinschaftskasse ein, weil ich von meinem vorherigen Projekt als Freiberufler noch einiges an finanziellen Mitteln gespart hatte.

Im Endeffekt habe ich nie weniger als zu diesem Zeitpunkt bezahlt. Als Jeany 2020 in Kurzarbeit ging und Noel 2021 auszog, erhöhte sich beides mal mein Betrag. Kurz bevor ich entschied, aus der Gemeinschaftskasse auszusteigen (dazu später mehr) lag er bei 290 der insgesamt 500 Euro.

Leider ging mein Konzept aber nicht auf: Menschen, die weniger Lohnarbeit nachgingen, erledigten im Haushalt nicht mehr Aufgaben. Hierbei möchte ich Jeany und Mohammed definitiv von Kritik ausnehmen, denn die beiden und ich schulterten einen Großteil der Arbeiten, die bei uns so anfielen. Juli, Noel und auch Judith ließen allerdings oft ihren Kram stehen, machten nicht die Wäsche, putzten selten die Gemeinschaftsräume etc. Ich erinnere mich noch sehr gut daran, wie das Bad unten monatelang so schlimm aussah, dass ich es kaum benutzen wollte. Jeany wollte nie einen Putzplan, weil sie (laut eigener Aussage) nicht damit klar kommt, sich an Regeln zu halten. Geholfen hätte ein Putzplan allemal.

Alle Menschen, denen ich von der Gemeinschaftskasse erzählte, fanden es eine ganz wunderbare und progressive Sache. Wenn ich dann aber den Betrag nannte, den ich davon schulterte, reagierten die meisten mit mehr oder weniger Unverständnis. "Macht es dir gar nichts aus, so viel zu bezahlen?" - wenn ich ehrlich zu mir gewesen wäre, bekam ich bei meinem Beitrag doch Bauchschmerzen. Nicht der Betrag an sich machte mir zu schaffen, sondern dass ich nicht das Gefühl hatte, es gleiche sich aus. Ich habe das Geld ja nicht geschenkt bekommen, sondern auch dafür gearbeitet, während andere es nicht mal schafften, ihre Teller vom Tisch abzuräumen. Aber ich wollte an meinen Prinzipien festhalten - ich glaubte lange an intrinsische Solidarität von Menschen.

Warum ich das im Endeffekt so lange mitgemacht habe, weiß ich nicht. Neben meinem Idealismus hing es wohl vor allem mit zwei Dingen zusammen: wahrgenommen zu werden und Dankbarkeit zu erfahren. Beides sind Bedürfnisse, die später in dieser Erzählung noch eine Rolle spielen werden.

Da ich mir dessen aber damals nicht bewusst war, konnte ich den Wunsch nach Wahrnehmung und Dankbarkeit auch nicht kommunizieren. Heute würde ich, wäre ich in der gleichen Situation, wahrscheinlich anders handeln - ich würde nicht von mir aus mehr geben, sondern nur durch eine Gemeinschaftsentscheidung. Ich weiß, dass ich sonst unterschwellig etwas erwarten würde und wenn diese Erwartung nicht erfüllt wird, fühlte ich mich ausgenutzt. Fairness hat für mich heute den gleichen Stellenwert wie Solidarität.

Eine Sache, die allerdings wirklich gut funktioniert hat, war der Kochplan. Einmal in der Woche für alle zu kochen und den Rest der Woche ein warmes, veganes Abendessen zu bekommen, war wirklich fantastisch. Auch an das gemeinschaftliche Essen und den abendlichen Austausch erinnere ich mich sehr gerne.

Sexwork

Eines Abends im Spätsommer unterhielten sich Jeany und ich über Sexarbeit. Ich erwähnte die App *ohlala*, auf der Männer Angebote für "bezahlte Dates" einstellen und Frauen darauf antworten können. Neugierig wie wir sind, haben wir uns beide registriert. Jeany hat ab diesem Zeitpunkt öfter in der App die Date-Gesuche durchgesehen, weil sie ein Interesse daran hatte, Sexwork anzubieten. Bis zu meinem Auszug eineinhalb Jahre später ist aber kein Treffen zustande gekommen.

Ich stellte an jenem Abend probeweise ein Dategesuch ein und bekam einige Anfragen. Da mein Profilbild noch nicht verifiziert war, fragten mich einige Frauen im Chat nach Bildern. Ich schickte immer zwei - eins von meinem Gesicht und eines Oberkörperfrei. Auf dem zweiten sah man recht deutlich mein *Vegan* Tattoo und eine der Frauen meinte direkt "Du bist auch vegan?". Ich war so positiv überrascht, dass ich sie unbedingt treffen wollte. Als sie dann noch meinte, dass sie auch auf Frauen steht und Jeany gerne dabei sein kann, war das Date perfekt.

Nina kam also etwa eine Stunde später zu uns und ich wurde von ihrer Schönheit und ihrer Art umgehauen. Ich bezahlte die ausgemachten 200 Euro per Paypal und wir unterhielten uns ein wenig zu dritt. Recht schnell wurde aber mehr daraus und wir landeten bei Jeany im Bett. Mit diesen zwei attraktiven Frauen Sex zu haben, die sich auch gegenseitig noch anziehend fanden, war sexuell in diesem Moment die absolute Erfüllung.

Danach unterhielten wir uns noch ein bisschen und hatten dann noch mal Sex. Nachdem wir auch über unsere psychischen Erkrankungen gesprochen hatten, fragte Nina, ob sie bei uns übernachten könne. Für Jeany und mich war das kein Problem und wir schliefen zu dritt ein. Danach hatten wir noch viele schöne Dates zu dritt (einmal habe ich mich auch zu zweit mit ihr getroffen) und haben uns auch darüber hinaus gut verstanden.

Einige Wochen später, es war wohl schon im November, machten wir zu dritt einen Ausflug nach Lüneburg. Es war super warm und sonnig an diesem Tag und ich erinnere mich noch, dass ich Nina gesagt habe, ich finge an, mich in sie zu verlieben. Ich hatte einen Rock und ein bauchfreies Top an, dazu lackierte Fingernägel. Ich fand mich ziemlich gut darin! Aber irgendwie merkte ich, dass Nina nicht, wie sonst, die Nähe zu mir suchte.

Nina wollte sich dann auch einmal mit Jeany alleine treffen, zu dieser Zeit war ich bei meinen Eltern. Als ich früher als geplant kam, fragte Jeany bei Nina nach, ob es ok wäre, wenn ich auch zuhause bin. Sie sagte, es wäre kein Problem, verhielt sich aber trotzdem sehr reserviert. Ich wollte die beiden nicht stören - es war ja deren Date - und verbrachte den Großteil des Abends in meinem Zimmer. Am nächsten Morgen ging sie, ohne mich zu umarmen. Jeany erzählte, dass Nina sie abends im Bett erst "heiß gemacht" hat, nur um sich dann umzudrehen und zu schlafen.

Ich fragte Nina ein paar Tage später, wann wir uns wiedersehen wollen. Sie antwortete, dass sie mich nicht mehr attraktiv fände, weil ich in Lüneburg so angezogen und geschminkt war. Außerdem hätte sie ein schlechtes Gefühl, wenn ich mich in sie verliebe. Ich meinte, dass das schade ist, aber wir ja trotzdem befreundet sein können. Sie entgegnete, dass sie das auch nicht will und sie ja nur Zeit mit uns verbracht hat, weil sie beim ersten Mal Geld dafür bekommen hat. Das hat mich sehr getroffen und ich habe zurück geschrieben, dass sie sich nicht wundern braucht, wenig konstante Menschen in ihrem Leben zu haben, wenn sie so mit ihnen umgeht.

Am nächsten Tag kam eine Nachricht von ihr, in der sie sich entschuldigte und meinte, dass sie aufgrund ihrer Borderline-Persönlichkeitsstörung sehr impulsiv sei und nie wirklich lange Kontakt zu Menschen haben könne. Einen weiteren Kontakt wolle sie aber trotzdem nicht.

Judith als Kurzzeit-Mitbewohnerin

Judith zog Anfang Oktober 2019 bei uns ein und wir waren damit komplett. Auch Noels Freundin Juli war nach wie vor durchgehend hier - es hatte zwar niemand gefragt, ob sie als quasi neue Mitbewohnerin ok wäre, aber es hat auch niemand Widerspruch eingelegt. Außerdem war eine der Prämissen der WG, dass niemand fragen muss, bevor er oder sie jemand einlädt.

Jeany und ich hatten diese Regel so durchgesetzt, weil wir beide Erfahrungen mit unseren Ex-Partner*innen hatten und der Schwierigkeit, wo man sich dann mit einem Date treffen sollte. Als Jeany und ich noch dateten, hatte ich sehr viel Geld für Airbnbs ausgegeben, unter anderem eines in Sichtweite meiner alten Wohnung - die zu diesem Zeitpunkt leer war, da meine Ex-Freundin Linda nicht zuhause war. Dass diese Regelung mir letztendlich das Genick brechen würde, ahnte ich zu diesem Zeitpunkt noch nicht.

Nach einer fulminanten Einzugsparty Mitte Oktober sind am nächsten Morgen David und Änne recht spontan ausgezogen - die Wohnung, die sie gefunden hatten, war eher frei geworden. Der Auszug kam zwar überraschend, hat aber niemanden so recht gewundert, da das Flurzimmer natürlich nur eine Übergangslösung war.

Mit Judith als Mitbewohnerin war es aber von Anfang an nicht unproblematisch. Sie hatte ein anderes Verständnis von Gemeinschaft als wir, beschriftete sogar Nudeln mit ihrem Namen und verbrachte einen großen Teil ihrer Freizeit in ihrem Zimmer vor dem Fernseher. Wir hatten uns als WG darauf verständigt, keinen Fernseher in den Gemeinschaftsräumen zu haben, auch das wird sich im Verlauf der Geschichte noch relativieren.

Eine Situation steht exemplarisch für die unterschiedlichen Auffassungen zu Offenheit: Eines Abends war meine gute Freundin Lucy zu Besuch und wir saßen alle nach dem Abendessen am Tisch. Lucy hatte ihren Strap-On mitgebracht und fragte Judith, ob sie als lesbische Frau auch welche besitzt. Als sie das bejahte, fragt Jeany interessiert, ob sie diese mal zeigen wolle, sie suche nämlich schon länger einen. Judith lief knallrot an, antwortete mit einem verstörten "Ähm, nee?" und verschwand dann in ihrem Zimmer.

Im Hinblick auf gemeinsame Aktivitäten war Judith keine Person, auf die Verlass war. Jeany und ich schlugen immer wieder gemeinsame WG-Aktivitäten vor und wir einigten uns beim Plenum auf Ort und Datum, zum Beispiel ein gemeinsamer Kneipenbesuch im *Zum Baumacker*. Jedes Mal hat Judith dann kurzfristig abgesagt.

Die gemeinschaftlichen Aktivitäten haben wir einige Monate später ernüchtert eingestellt, weil auch abgesehen von Judith auf die anderen Mitbewohnis nur wenig Verlass war. Jeany und ich saßen mehrfach irgendwo zu zweit rum, weil alle anderen es entweder vergessen hatten oder aber eine andere Aktivität wichtiger war.

Mein persönliches Schlüsselerlebnis mit Judith geschah, als wir beim Plenum über die Müllsituation sprachen. Unsere Nachbarn, damals noch *AFM Media GmbH*, drei 20-jährige Jungs, verstopften vor allem die Papiertonne mit ihren unzähligen Amazon-Kartons, was wir dem Vermieter melden wollten (wir hatten keine Lust, für Extra-Abholungen zu bezahlen). Außerdem standen auch immer wieder Kartons neben der Tonne.

Bei diesem Plenum waren alle einverstanden, immer dann wenn es uns auffällt, Fotos von den Tonnen und den Adressaufklebern auf den Paketen darin zu machen. Außerdem einigten wir uns, unsere eigenen größeren Kartons zum öffentlichen Papiercontainer zu bringen. Ein paar Tage später fiel mir auf, dass wieder Kartons daneben standen und ich zückte mein Smartphone für ein Foto. Und siehe da: der Adressaufkleber lautete auf Judith! Ich habe mich verarscht gefühlt und habe Judith das auch genau so geschrieben.

Judith verbrachte daraufhin mehrere Tage fast ausschließlich in ihrem Zimmer, da sie, wie ich später erfuhr, nicht mit Konflikten umgehen konnte. In diesem Moment habe ich das nicht verstanden und es hat mich sogar noch mehr gestört. Ich sah mich gerade in der Lage dazu, Konflikte auszutragen und mich nicht mehr zu verstecken. Dies führte leider aber zu weniger Verständnis für die Situation des/der Anderen.

Ein angesetztes Konfliktlösungsgespräch blieb ohne Ergebnis und so eröffnete Judith uns beim Plenum Anfang 2020, dass sie ausziehen wird und auch schon ein neues WG-Zimmer gefunden hat.

In der Retrospektive muss ich sagen, dass ich bei Judith über das Ziel hinausgeschossen bin. Es tut mir leid, dass ich nur auf mein eigenes Befinden geachtet habe und nicht darauf, dass sie mein Verhalten ernsthaft trifft. Meinen Ärger über das Paket und ihr unsolidarisches Verhalten hätte ich auch anders zum Ausdruck bringen können.

Pleasure Parties bei Lucy

September & November 2019

Im September fand bei Lucy in Bayern die erste Pleasure-Party seit Jahren statt. Ich war eingeladen und durfte auch Jeany mitbringen, obwohl Jeany und Lucy sich zu diesem Zeitpunkt noch nicht kannten.

Eine Pleasure Party ist eine Veranstaltung, bei der Menschen intim werden können und gleichzeitig sehr viel Wert auf Diversität und Konsens gelegt wird. Beginnend mit einer Vorstellungsrunde und der Abfrage der Erwartungen an den Abend, wird danach Konsens spielerisch eingeübt: Jede*r läuft durch den Raum und fragt einmal jede andere Person, ob man etwas mit ihr*ihm machen darf. In der ersten Runde geht es darum, sich ein "Nein" abzuholen, also kann man etwas Absurdes fragen ("darf ich dir Nutella in die Haare schmieren"). In der zweiten Runde wird dann etwas niederschwelliges gefragt wie "darf ich dich umarmen" (kann mit Ja oder Nein beantwortet werden) und in der Dritten geht es darum, etwas zu fragen, worauf man im Verlauf des Abends wirklich Lust hätte. Durch diese spielerische Einübung von Fragen nach Konsens fühlt sich das Fragen vor jeder Handlung ganz natürlich an.

Nach der Einführung lagen wir alle auf dem Bett ihrer Mitbewohnerin und haben gekuschelt. Ich hatte schon eine Anziehung zwischen Jeany und Manu verspürt, einem uns vorher unbekannten Freund von Lucy. Das hat sich dann einige Zeit später auch bestätigt, als die beiden sich küssten und Jeany mich fragte, ob es ok sei, wenn die beiden nach oben in den Sex-Raum gehen (es gibt verschiedene Räume, in denen Verschiedenes erlaubt ist). Für mich war es ok und sie meinte noch, dass ich jederzeit hoch kommen kann, wenn es mir nicht gut ginge.

Irgendwann sind wir anderen auch gemeinsam nach oben gegangen und ich war dabei, mit Lucy zu schlafen, als Jeany und Manu aus der "Liebeshöhle" (ein Verschlag unter Lucys Bett) kamen und mitmachten. Es war ein sehr schöner Abend und fühlte mich zu keinem Zeitpunkt unwohl - wohl auch, weil ich Manu selbst für eine coole Socke hielt.

Am nächsten Tag nahmen wir noch eine Folge Podcast zusammen mit Lucy auf und fuhren zurück nach Hamburg.

Im November veranstaltete Lucy die zweite Pleasure Party und wir waren wieder dabei. Diesmal nahm eine Frau namens Katharina teil, die in der Vorstellungsrunde meinte, dass sie hetero ist, wonach ein (erstauntes) Raunen durch den Raum ging - in unserer Bubble war hetero-sein eher ungewöhnlich. Ich fand sie sehr anziehend, was ich Jeany auch mitteilte und konnte zu diesem Zeitpunkt keinen Unmut darüber erkennen.

Später am Abend, wir waren wieder alle im Sex-Raum versammelt, beschäftigte sich Jeany mit Lucy, während ich erst mit ihrer Mitbewohnerin spielte und dann mit Lucys Partner wild rumknutschte. Es ergab sich dann, dass Katharina und ich anfingen, miteinander rumzumachen und schließlich Sex hatten. Wir harmonierten erstaunlich gut, es war ganz wunderbarer Sex!

Ich hatte vorher noch gemerkt, dass Jeany mit Lucy aus dem Raum gegangen war. Jeany erzählte mir hinterher, dass sie einmal noch in den Raum kam, aber sofort wieder ging - davon bekam ich nichts mit.

Umso größer war dann meine Überraschung, als ich danach mit Katharina in die Küche ging und dort Jeany vorfand, die bedrückt wirkte. Ich war damit überfordert und gab mich entspannt - was aber unklug war. Jeany und ich sprachen am Abend noch darüber, dass es ihr schlecht ging und sie glaubt, Eifersucht verspürt zu haben, als sie in der Küche saß und Katharina und mich beim Sex hörte.

In diesem Moment wusste ich, dass unsere Lebensweise doch nicht immer so einfach werden würde, wie ich mir das vielleicht vorgestellt hatte. Ich war aber bereit, diese Arbeit zu investieren.

Dating

Katrin & Marcel

Herbst 2019 - Frühjahr 2020

Im November war Nachhaltigkeitsmarkt im Freilichtmuseum am *Kiekeberg*. Jeany und ich übernahmen dort bei der *Albert-Schweitzer-Stiftung für unsere Mitwelt* eine Standschicht und versorgten die Besucher*innen (und uns) mit leckeren veganen Snacks, während wir ihnen die Vorteile einer pflanzlichen Ernährung nahebrachten.

Direkt neben uns war der Stand von *Cradle to Cradle*, einer Organisation, die nachhaltige Kreislaufwirtschaft propagiert. Der Stand war nur von einer Frau besetzt und als die Besucher weniger wurden, bot ich ihr an, mich mal hinter ihren Stand zu setzen, damit sie auf die Toilette konnte. Wir kamen ins Gespräch, ich half ihr beim Abbau und wir tauschten Nummern aus. Diese Frau hieß Katrin.

Schon einige Wochen vorher hatte Jeany sich auf okCupid angemeldet und wurde dort von einem Mann angeschrieben: Marcel. Laut ihrer Aussage war die Nachricht so schön, dass sie sich bald entschieden, sich zu treffen - obwohl er in seinem Profil stehen hatte, nur monogame Beziehungen zu suchen. Als Jeany zurück kam, erzählte sie, dass Marcel super nett ist, aber (Zitat) "so gar nicht mein Typ". Wir witzelten dann, dass das bei ihr ja eh keine Rolle spiele, wenn sie jemanden gut findet.

Ein paar Dates zwischen den beiden später, es war wohl Anfang Dezember, hatte ich mich mit Katrin bei ihr zuhause verabredet. Jeany hatte zur gleichen Zeit ein Date (das 5. oder 6.) mit Marcel, auch bei ihm zuhause und mir war recht klar, dass zwischen den beiden etwas laufen würde. Bei Katrin und mir war ich mir da nicht sicher, aber im Endeffekt hatten Jeany und ich auf unseren Dates doch beide Sex.

Bei der Anbahnung meines Dates gab es allerdings eine Situation, die mir in Erinnerung geblieben ist: Da ich erst abends zu Katrin kommen sollte, fragte ich sie, ob ich prinzipiell bei ihr übernachten könne. Sie meine "Klar" und ich erzählte das Jeany. Jeany wurde aber sauer und war verletzt, weil es für sie eine besondere Vertrauensbasis braucht, bei jemand anderem zu übernachten und ich sie hätte vorher fragen sollen. Wir hatten vorher nicht darüber gesprochen, ich akzeptierte dies jedoch, entschuldigte mich und sagte die Übernachtung bei Katrin ab. Dass Jeany selbst - nur wenige Wochen später - quasi jede zweite Nacht bei Marcel war, wurde nie thematisiert.

Beim Date erzählte Katrin schließlich von einem Mann, den sie unregelmäßig datet, mit dem die Beziehungsform aber nicht benannt ist. Von Polyamorie war sie angetan, wollte sich aber nicht festlegen ob sie dieses Beziehungsmodell ausprobieren will. Der andere Mann wusste von mir jedenfalls bisher nichts.

Als ich nach Hause fuhr (mit der letzten Bahn, die unter der Woche fährt) schrieb ich Jeany, aber sie war nicht zu erreichen. Erst nachdem ich schon zuhause war, schrieb sie, dass sie die Zeit vergessen hatte und kam schließlich mit dem Nachtbus nach Hause. Wir hatten uns viel zu erzählen und freuten uns wirklich für den*die Andere*n.

In der Folgezeit war Jeany oft an Abenden bei Marcel, wenn ich gearbeitet habe. Ich war damals beim *innerluck* als

Koch beschäftigt und arbeitete 3-4 mal pro Woche von 17 bis 0 Uhr, deshalb bot sich diese Zeit für Jeany und Marcel an. Rückblickend würde ich das nicht noch einmal so machen, da ich durch die Arbeit gar keine Kapazität hatte, mich mental damit zu beschäftigen, dass Jeany gerade bei Marcel ist.

Ein bis zwei Wochen später kam Katrin zu uns. Es war ursprünglich als Übernachtungsdate bei ihr geplant, aber Jeany, mit der ich es diesmal vorher besprochen hatte, fühlte sich nun doch nicht gut damit, dass ich bei jemandem übernachte, den sie nicht kennt. Für sie war übernachten weiterhin etwas sehr intimes und um damit klar zu kommen, wollte sie die Person vorher kennenlernen. Also kam Katrin bei uns vorbei und wir hatten einen schönen Abend. Sie übernachtete auch hier, allerdings alleine in meinem Bett, während ich mit Jeany im Bett geschlafen habe. Dies war Jeanys Wunsch.

Im Nachhinein meinte Jeany zu mir, dass ich an dem Abend auch bei Katrin hätte schlafen können, weil es ihr - nachdem sie sie kennen gelernt hatte - gar nichts aus gemacht hätte. Zwischen Katrin und mir lief an diesem Abend und Morgen nichts.

Einige Tage später schrieb mir Katrin, dass sie nun doch eine monogame Beziehung mit dem Mensch, den sie gerade datet, eingehen will und Polyamorie nichts für sie ist. Damit war die Sache zwischen uns beendet, was mich doch sehr getroffen hat. Ich machte mir damals allerdings noch keine Gedanken darüber, dass ein Ungleichgewicht entstehen könnte, wenn Jeany weiterhin Marcel datet und ich niemanden.

Im Gegenteil: Zu dieser Zeit hatten wir schon unseren Podcast *monokultur.fm* gestartet (Seite 59) und ich war mir sicher, dass für mich alles ganz easy wird. Wir wollten auch endlich umsetzen, was wir von Anfang an in der WG vereinbart hatten - dass wir Affären/Beziehungspartner*innen auch mit nach Hause bringen können. Das ist dann kurz nach Weihnachten auch passiert.

Jeany, Marcel und ich sind zu dritt zu *Grilly Idol* essen gegangen und dann nach Hause in die Baumacker WG. Wir haben UNO nach Baumacker-Regeln gespielt und dabei getrunken und es war von Anfang an klar, dass Marcel bei Jeany im Bett schlafen würde. Nach einer Weile gingen die beiden nach oben und ich hatte direkt ein ungutes Gefühl.

Es war eine Art Kontrollverlust, weil ich nicht mehr sicher war, was ab jetzt passiert. Ich betrank mich weiter und ging eine halbe Stunde später - als ich noch gar nicht müde war - auch nach oben ins Bett. Schon als ich in den Gang gekommen bin, hörte ich Jeany aus ihrem Zimmer stöhnen.

Diese Szene bleibt mir im Kopf. Vor der geschlossenen Tür zu stehen und Jeany und Marcel beim Sex zu hören. Nicht zu wissen, was dort drin genau geschieht, aber durch Jeanys Erzählungen Vorstellungen zu haben.

Ich ging Zähneputzen und legte mich ins Bett, konnte aber nicht schlafen, weil die beiden immer noch Sex hatten. Ich konnte aber auch an nichts anderes denken und war wie in Schockstarre. Ich konnte nicht gehen, weil das mein Zuhause ist - wohin auch? Ich kann nicht klopfen, das wäre übergriffig und ich würde stören. Und ich traue mich nicht, mit jemandem darüber zu sprechen, wie sehr es mich belastet - immerhin haben wir die Regelung, Beziehungspartner*innen mitbringen zu können, in der WG so ausgemacht. Und ich war mir sicher gewesen, es sei kein Problem für mich - den Super-Poly-Flo aus dem *monokultur*-Podcast.

Erst nach gefühlt mehreren Stunden hörte es auf. Jeany erzählte mir am nächsten Tag, dass sie sich erst gegenseitig massiert hatten und sie wohl deshalb gestöhnt hat. Ich wusste eigentlich schon da, dass ich es nicht aushalte, die beiden beim Sex zu hören. Aber ich hab es weder mir selbst eingestanden, noch geäußert.

In der nächsten Zeit versuchte ich, Marcel näher zu kommen. Ich sprach auch in meiner Therapiegruppe darüber, dass ich ein grundsätzliches Problem im Kontakt zu Männern habe - geprägt durch meine Kindheit. Wenn ich Marcel nur besser kennen würde, so mein Plan, dann würde ich ihn nicht mehr als Bedrohung wahrnehmen und meine Eifersucht wäre besser. Meine Ex-Partnerin Linda war z.B. einmal mit ihrer Affäre im Urlaub und da ich ihn kannte und mochte, kam damals überhaupt keine Eifersucht auf.

Ich verbrachte also Zeit mit Marcel, zum Beispiel indem wir in seiner Wohnung Playstation spielten, bevor Jeany von der Arbeit kam. Ich will nicht sagen, dass es eine komische Situation war, aber im Nachhinein betrachtet, war ich nicht "echt": durch mein Anliegen, ihn aus einem bestimmten Grund (der Eifersucht) näher kennenlernen zu wollen, vergab ich die Leichtigkeit, die sich bei neuen Beziehungen idealerweise anbahnt. Ich sah das Kennenlernen als Mittel zum Zweck und spielte meine Rolle. Ich vergaß, dass ich einfach nicht jeden mögen muss.

Fast den gesamten Januar und Februar war ich auch weiterhin abends arbeiten und Jeany war in der Zeit meistens bei Marcel. Mittlerweile sah sie Marcel 2-4 mal pro Woche und manchmal kam ich damit gut klar. Manchmal aber auch gar nicht, was sich für meinen Job als Koch schnell als unvorteilhaft erwies - ich war einfach nicht mehr konzentriert. Eines Abends wartete ich nur darauf, mit dem Putzen der Küche fertig zu sein, um Jeany anrufen zu können (sie hat gesagt, ich kann sie jederzeit anrufen, wenn etwas ist), nur um dann mitzubekommen, dass ich die beiden beim Sex unterbrochen hatte.

Es war für mich zu schnell zu viel.

Jan & Nora - gute Freund*innen?

Winter 2019 - Frühjahr 2020

Jan war mittlerweile Teil unseres Freundeskreises geworden und einer der Männer, zu denen mein Kontakt am engsten war.

Anfang 2020 lernte er Nora kennen, eine alte Schulfreundin, und kam mit ihr zusammen. Auch sie war öfter in der WG und wir fanden sie alle angenehm. Bald erzählte er uns aber, dass Nora für ihre Arbeit auf Tierversuche angewiesen sei (sie ist Tierärztin) und wusste nicht, wie er es uns sagen soll. Sie hat ihm gesagt, dass sie damit auf jeden Fall aufhören wird und sich eine Stelle in einer Praxis suchen werde, aber dafür muss sie erste ihre Promotion abschließen.

Für Jeany, mich und die anderen war das in Ordnung und wir waren Jan dankbar, dass er es uns mitgeteilt hat. Einzig Noel hatte ein moralisches Problem damit und wollte nicht, dass Nora, solange sie noch Tierversuche durchführt, in der WG ist. Wir haben sein Veto akzeptiert, auch wenn es einige Wochen später für ihn wieder ok war.

Eines Tages waren Jan und Nora zu Gast und brachten ein Date von Jan mit: Melanie. Marcel war auch in der WG und der Abend wurde feuchtfröhlich: Als wir ins Bett, aber nicht allein schlafen wollten, legten wir im Meditationsraum 3 Matratzen aus und hatten paarweise Sex (Jan & Nora, Jeany

51

& Marcel, Melanie & ich). Nichts von dem war geplant und es war das erste Mal, dass ich Jeany und Marcel beim Sex zusah, was sich etwas komisch anfühlte. Es war aber viel besser, als vor der geschlossenen Tür zuhören zu müssen - außerdem war ich ja auch mit Melanie beschäftigt.

Melanie ging recht früh am nächsten Morgen und als ich von der Toilette wieder kam, hatte Jeany gerade Sex mit Marcel und Jan und forderte mich auf, mitzumachen. Das war eine schöne Erfahrung und Jeany konnte sich danach auch vorstellen, Jan zu daten.

Zwischen Jeany und Jan kam nie ein wirkliches Date zustande, weil entweder einer von ihnen nicht in der Stimmung oder im psychischen Zustand für ein Date war - oder aber weil Jeany Jan abgesagt hat, weil sie doch daran gezweifelt hat, ob sie ihn daten will. Erschwerend kam hinzu, dass Marcel die Idee eines Dates zwischen den beiden gar nicht gut fand, weil Jan in einigen Situationen (bei manchen war ich anwesend) sich Jeany gegenüber übergriffig verhalten hat. Zum Beispiel hat er sie zu fest gebissen und als Jeany das äußerte, reagierte Jan mit "du hälst ja nichts aus".

Insofern konnte ich nachvollziehen, dass sie da zweifelte, auch, wenn ich Jan persönlich mochte.

Einige Wochen später erhielten Jeany und Marcel von Jan die Nachricht, dass er nichts mehr mit ihnen zu tun haben wollte, weil sie ihn ja eigentlich gar nicht daten wolle und "nur hinhält". Ich habe versucht zu vermitteln, erhielt aber am nächsten Tag auch eine Nachricht von ihm, dass es uncool von mir gewesen sei, seine Freundin Nora nach einem Date zu fragen, ohne dass es über ihn lief - Nora und Jan sind auch nicht monogam. Ein klärendes Gespräch wollte er nicht und so brach der Kontakt ab.

Neben Nora und Jan gingen aus unserem Freundeskreis auch Melina und Desirée (ihre Mitbewohnerin), die beide recht viel Kontakt mit Jan hatten. Melina entschuldigte sich einige Monate später bei uns und kam zurück.

Zu dem Zeitpunkt des Kontaktabbruchs von Jan konnte ich überhaupt nicht verstehen, was in ihm vor ging und woher die Vorwürfe kamen. Erst viel später begriff ich, dass hier etwas passierte, was nicht fair war: Jeany hat Jan tatsächlich hingehalten und als es ihm zu viel wurde, hat sie das als Argument genommen. So etwas passierte mir später auch (Seite 124).

Erst über ein Jahr später, im Frühjahr 2021, schrieb ich Jan eine kurze Nachricht, dass ich seine Argumentation mittlerweile verstehe. Ich verurteile ihn weiterhin für sein übergriffiges Verhalten gegenüber Jeany, aber der Vorwurf, dass wir uns als WG "etwas vormachen" traf einfach zu.

Ostsee-Urlaub

Januar - März 2020

Schon länger hatten Jeany und ich geplant, unseren Urlaub Anfang 2019 (als wir uns gerade kennen gelernt hatten) zu wiederholen. Wir waren damals in einem kleinen Häuschen an der Ostsee mit Sauna und haben es sehr genossen! Als Freund*innen von Lucy Ende Januar eine Banja (ein russisches Saunaritual) in Bayern organisierten, packten wir die Gelegenheit beim Schopf und buchten den Ostsee-Urlaub direkt im Anschluss.

Wir liehen ein Auto, wobei das Abholen eine eine einzige Katastrophe war - ich vergaß meinen Führerschein und musste noch einmal nach Hause und wieder zurück, was mich zwei Stunden extra gekostet hat.

Als wir es endlich hatten, fuhren wir zuerst zu meinen Eltern. Da wir beide aufhören wollten zu rauchen, haben wir es mit dem Urlaubsbeginn kombiniert - was nur mäßig funktionierte. Ich war stellenweise gereizt und Jeany war nach einem Tag Nichtrauchen so schlecht drauf, dass sie kaum von der Couch aufstehen konnte. Zum Glück konnte ich sie überzeugen, eine kleine Radtour zu machen, was ihrer (und meiner!) Stimmung sehr gut getan hat.

Zu dieser Zeit hatte sie mit Marcel schon eine Spielbeziehung und war dementsprechend mit ihm in Kontakt. Marcel hat z.B. diverse sexuelle explizite Bilder von ihr gefordert (als ihr Dom) und ich habe ihr teilweise dabei geholfen, seinen Forderungen nachzukommen. Ich fühlte mich aber nie 100%-ig wohl dabei.

Nach zwei Tagen bei meinen Eltern brachen wir nach Bayern auf, wo wir mit Lucy und ihrem Partner essen gingen und anschließend zur Banja fuhren. Ich erinnere mich, dass ich mit Jeany über Haltung gesprochen habe und es mir an diesem Tag psychisch nicht besonders gut ging. Ich bin z.B. als erster der Gruppe aus der Sauna raus, was mich furchtbar fertig gemacht hat. Vielleicht hing meine Dünnhäutigkeit auch mit dem Nikotinentzug zusammen.

Auf der Rückfahrt zu Lucys Eltern (wo wir übernachteten), sprachen wir über Feigen und Jeany meinte zu mir sowas wie "Wie, du weißt nicht, dass Feigen nicht vegan sind??" - erst später hat mir Lucy erzählt, wie agressiv sie Jeany in dieser Situation erlebt hat. Ich habe es zu diesem Zeitpunkt nicht wahrgenommen, denn ich war eh schon gestresst - Jeany meckerte auf der Heimfahrt mehrmals, dass ich mich "an die Verkehrsregeln halten" solle.

Am darauffolgenden Tag fuhren wir nach Frankfurt und besuchten Janina, eine gute Freundin von mir. Jeany bekam Zahnschmerzen, deshalb gingen wir tags darauf zu einem Zahnarzt in Frankfurt. Dieser konnte aber, außer Schmerzmitteln zu verschreiben, nicht viel machen und so fuhren wir weiter an die Ostsee. Ich hatte zu diesem Zeitpunkt schon das Gefühl, dass dieser Urlaub nicht so leicht werden würde wie im Jahr davor.

Als auch im Häuschen an der Ostsee Jeanys Zahnschmerzen nicht besser wurden, gingen wir auch dort noch einmal zum Zahnarzt und brachen - nach zwei Tagen - den Urlaub vorzeitig ab. Jeanys Zahnschmerzen wurden zu heftig und wir waren beide gestresst, was auch dazu führte, dass wir beide wieder mit dem Rauchen anfingen.

In diesem Winter hatte ich noch einen Urlaub geplant, den ich im Vorjahr - wegen einer gebrochenen Rippe - absagen musste: Snowboarden mit alten Schulfreunden von mir. Zwei Wochen später brach ich also mit dem Zug nach Österreich auf. Jeany war das ganze Wochenende über bei Marcel, weil die beiden tageweise als Sub/Dom spielen und wechseln wollten.

Vom Urlaub selbst weiß ich nicht mehr allzu viel, nur dass ich durch zu viel männliches Gehabe schnell genervt war. Ich fühlte mich einsam und der Gedanke, dass Jeany drei Tage mit Marcel verbringt, war meinem Wohlbefinden nicht förderlich. Wir telefonierten jeden Tag und sie erzählte mir, was alles passiert (weil ich das wollte) und wie sie spielten, aber auf der Rückfahrt von Österreich war ich trotzdem ein psychisches Wrack.

monokultur.fm

Den Monokultur-Podcast hatten Jeany und ich im Spätsommer 2019 ins Leben gerufen. Es hat Spaß gemacht, unsere Gedanken über Polyamorie zu diskutieren und zu teilen. Dass es nur Gedanken sind und keine Erfahrungen, sollte ich noch schmerzlich erfahren.

Jeany und ich nahmen auch eine Folge mit Marcel zusammen auf: "toxische Männlichkeit", die uns gut gelungen ist. Der Grund, warum ich den Podcast erst an dieser Stelle erwähne, ist aber ein anderer: im Laufe der Zeit war ich mir immer weniger sicher, ob ich Jeany wirklich zustimme oder ob ich nur den Konflikt scheue.

Speziell eine Folge blieb mir hierzu in Erinnerung: "Kommunikation I - Wann sage ich was?" - in dieser ging es darum, wann man einem*r Partner*in sagt, dass etwas mit einer anderen Person läuft oder man Interesse hat. Bei Jeany und mir fühlte sich das anfangs sehr natürlich an, aber irgendwann wurde unsere Kommunikation schlechter. Ich fühlte mich unter Druck, alles sofort zu erzählen, aber hatte das Gefühl, sie wolle das gar nicht hören. Erzählte ich es aber nicht sofort, wurde Jeany wütend ("du erzählst mir gar nichts mehr").

Zu vielen Situationen, die wir im Podcast beschrieben, fehlten uns die Erfahrungswerte. Wir haben uns etwas vorgemacht.

Lockdown

Kurz nach dem Urlaub entschied ich, meinen Job als Koch im *innerluck* zu kündigen. Die Arbeitszeiten führten dazu, dass ich kaum noch Kontakt zur WG hatte, weil ich fast jeden Abend weg war. Außerdem stresste es mich, dass Jeany oft während meiner Arbeitszeit bei Marcel war - was eigentlich Sinn ergab, weil sie dann die Abende, die ich nicht arbeite, mit mir verbringen kann. Mir fiel es trotzdem sehr schwer, während der Arbeitszeit mit meinen Gefühlen fertig zu werden.

Nachdem ich eine Schicht absolviert hatte, bei der ich mich sehr unwohl gefühlt und gezittert habe, bin ich zu Marcel gefahren und habe mich bei Jeany ausgeheult. Ich konnte nicht mehr. Ich schlief dort (wir zu dritt im Bett) und beschloss, nie mehr in diese Küche zu gehen und zu kündigen. Von meinem Ersparten hatte ich aber auch nicht mehr viel - in den nächsten Monaten sollte mich also meine finanzielle Situation zusätzlich belasten.

Dann kam Corona.

Innerhalb weniger Wochen wurde ein Lockdown verhängt und wir durften uns nicht mehr mit Menschen treffen. Das *Vunderland* wurde geschlossen, Marcel arbeitete von zuhause und die Schulen von Mohammed einerseits und Juli und

Noel andererseits wurden dichtgemacht. Wir waren also alle andauernd zuhause.

Der Fernseher, den wir immer wieder von Noels Zimmer ins Wohnzimmer gestellt hatten, wenn wir z.B. gemeinsam einen Film sehen wollten, blieb nun im Wohnzimmer stehen. Jeany und ich hatten in unserer WG-Annonce geschrieben, dass wir keinen Fernseher im Wohnzimmer wollen, aber nun kippte bei den anderen die Stimmung. Oft versammelten sich die anderen Mitbewohner*innen vor dem Fernseher um "Trash-TV" zu sehen. Ich habe Anfangs noch mitgemacht, aber es langweilte mich schnell - was dazu führte, dass ich mich von der WG entfremdete, weil alle jeden Abend vor dem TV verbrachten, statt wie früher mit Reden und Gesellschaftsspielen.

Zu dieser Zeit war auch Marcel häufig hier. Er war durchschnittlich an 5 von 7 Tagen (und Nächten) in der WG und hat deshalb auch in die WG-Kasse einbezahlt.

Aufgrund der Kontaktbeschränkungen haben wir uns auch Corona-WG-Regeln auferlegt: Jede*r Mitbewohni durfte einmal pro Woche jemand von außerhalb treffen. Außerdem durfte jede*r einen "Joker-Freund" haben, dem*die man beliebig oft treffen darf. Besuche in der WG waren nicht erlaubt - für Marcel wurde aber eine Ausnahme gemacht.

Jedes mal, wenn Marcel nachts hier war, wechselte sich Jeany mit ihrem Schlafplatz ab: eine Nacht schlief sie mit Marcel in ihrem Bett, die nächste Nacht schlief sie bei mir (und Marcel alleine in ihrem Bett). Wir haben damals auch das ein oder andere mal versucht, zu dritt zu übernachten, aber die 140-cm-Matratzen machten es sehr unbequem.

Zu dieser Zeit hatte ich gegenüber Jeany geäußert, dass ich gerne mehr Sex mit ihr hätte. Unser Sexleben hat innerhalb eines Jahres nachgelassen (was nicht ungewöhnlich ist) aber durch den Vergleich mit Marcel und dass ich jedes Mal mitbekam, wenn die beiden Sex im Nebenzimmer hatten, fühlte ich mich damit nicht wohl. Ich kam in die schwierige Situation, mich eigentlich nicht vergleichen zu wollen, aber auf der anderen Seite nichts dagegen tun zu können, dass ich die beiden beim Sex hörte.

Die Abende, wenn Marcel bei Jeany schlief, waren für mich jedes Mal grauenvoll. Ich war tagsüber schon gestresst und depressiv. Einige Male ging es mir so schlecht damit, dass ich Jeany bat, abweichend der "Regelung" bei mir zu übernachten. Zwei mal kam sie der Bitte nach, war aber damit nicht glücklich. Als ich mit Marcel darüber sprach und mein schlechtes Gewissen äußerte, schien es, als sei es für ihn weniger ein Problem. Beim dritten Mal lehnte Jeany meine Bitte ab. Dies war meine schlimmste Nacht.

Ich erinnere mich, dass es mir tagsüber schlecht ging und ich in der Küche stand und weinte. Ich weinte viel an diesem Tag und wusste nicht mal genau, warum. Es war mir einfach alles zu viel. Jeany brachte mich irgendwann ins Bett und ich fragte sie, ob sie bei mir schlafen würde. Sie lehnte ab und ich sagte dann, dass ich wahrscheinlich sehr verletzt wäre, wenn ich sie und Marcel heute nacht vögeln hörte. Sie antwortete, dass sie es mir nicht versprechen kann, heute keinen Sex zu haben. Ich konnte nicht schlafen. Stundenlang. Ich schrieb Tagebuch, ich hörte Musik oder war am Handy, aber nichts half.

Nach einiger Zeit hörte ich Jeany und Marcel erst ins Bad und dann in ihr Zimmer gehen. Und dann hörte ich, wie die beiden Sex hatten und wusste nicht, was ich tun sollte. Ich war aufgebracht, fühlte mich aber auch alleine. Und so begann ich, seitenweise meine Gefühle in mein Tagebuch zu schreiben. Ich weiß nicht mehr genau wie, aber ich kam zu dem Entschluss, dass ich den beiden einen Besuch abstatten wollte. Jeany hatte extra erwähnt, dass ich "jederzeit" rüber kommen kann, aber natürlich klopfte ich vorher an.

Als ich klopfte, war irritiertes Stöhnen zu hören, gefolgt von einem "Ja?" von Jeany. Marcel und Jeany lagen nackt aufeinander, ich holte einen Analplug und verschwand wieder.

Marcel war sichtlich genervt davon, unterbrochen worden zu sein.

Am nächsten Tag kam Jeany zu mir und meinte, dass sie es nicht gut fand, dass ich rüber kam und dass ich das nicht mehr tun soll. Ich war desillusioniert und war meiner letzten Handlungsmöglichkeit beraubt - ich wollte irgendeine Art von Einfluss haben, um mich nicht ohnmächtig zu fühlen.

Einige Tage später bat ich Marcel um ein klärendes Gespräch, da ich mich mit der Situation nicht wohl fühlte. Wir sprachen im Medi-Raum und Jeany kam dazu, weil sie sagte "ich habe jetzt ein bisschen zugehört und muss dazu was sagen". Sie sagte dann auch etwas dazu:

"Flo, du bist das Problem"

Es war ein Schock für mich, aber irgendwie hat es mich auch nur in meiner Annahme bestärkt, ich müsse einfach nur "stärker" werden oder es "aushalten".

Heute weiß ich nicht mehr, wieso ich das einfach so hingenommen habe. Ein Mensch ist nie das Problem. Ein Verhalten kann ein Problem sein. Aber nicht mal das war der Fall. Natürlich hab ich nicht alles richtig gemacht. Aber gegen Jeanys Haltung, nicht darüber zu diskutieren, wie sehr wir Marcel in unsere Beziehung lassen, kam ich nicht an. Schließlich war Marcel sehr oft in meinem Zuhause.

Liaison mit Juli

Mai 2020

Als es wärmer wurde, waren Jeany und ich eines Tages draußen am Schuppen, um unsere Fahrräder zu holen. Wir begegneten Noel, der gerade nach Hause kam und nachdenklich wirkte. Er fragte uns, ob und wie es möglich sei, nach einer Beziehung noch befreundet zu bleiben. Ich hatte bei diesem Gespräch ein ungutes Gefühl.

Tatsächlich trennte er sich einige Tage später von Juli. Sie verbrachte einige Tage in Jeanys Zimmer und war völlig fertig. Mit Jeanys Hilfe kam sie aber wieder auf die Beine und hatte nach einigen Tagen eine "Fick dich, Noel" Haltung entwickelt. Noel war zu diesem Zeitpunkt weiterhin in der WG zugegen, plante aber, ein paar Tage bei seiner Mutter zu sein.

Da die Corona-Kontaktregeln wieder gelockert wurden, entschieden wir uns beim Plenum, als WG-Ausflug picknicken zu gehen. Jeany und ich waren schon am frühen Nachmittag am Krupunder See und tranken Wein, Marcel und Juli kamen 2 Stunden später nach. Kurz drauf kam auch Noel und die Stimmung bei Juli wurde (verständlicherweise) schlechter. Sie begann, in kurzer Zeit sehr viel mehr zu trinken. Da Noel an diesem Abend noch auf eine Feier wollte, verabschiedete er sich wieder und wir 4 tranken weiter.

Bei einer Runde Uno fragte ich Juli, ob sie mich küssen würde und sie tat es. Wir kamen uns an diesem Abend öfter näher, es ging häufig auch von ihr aus und mir war durchaus bewusst, dass es eine Gegenreaktion zur Begegnung mit Noel war. Wir waren zum Zeitpunkt des ersten Kusses aber noch nicht so betrunken, dass ich an ihrem Consent gezweifelt hätte. Nachdem wir nach Hause gingen und uns zu viert noch in den Garten gesetzt und weiter getrunken hatten, fingen wir an, intimer zu werden und ich fragte, ob sie Sex mit mir haben will. Sie stimmte zu und ich meinte, dass ich vorher noch Jeany fragen möchte.

Jeany verstand meinen Wunsch und freute sich sogar. Wir waren zu diesem Zeitpunkt alle schon sehr betrunken. Marcel hingegen machte es im ersten Moment wirklich fertig, dass Jeany es so "leicht" findet, wenn ich mit Juli schlafe. Marcel betrank sich weiter mit Sekt, während ich mit Juli nach oben ging. Während wir Sex hatten, hörte ich nach einiger Zeit auch Jeany und Marcel aus dem Nebenzimmer, die auch Sex hatten.

Später in der Nacht - es war mittlerweile weit nach 0 Uhr - trafen wir uns alle wieder im Wohnzimmer, aßen etwas und unterhielten uns. Ich bin mir nicht sicher, wer angefangen hat, aber nach einiger Zeit waren wir wieder alle nackt und hatten Sex: ich mit Juli und Jeany mit Marcel. Jeany wusste, dass Marcel schon lange auf Juli stand und so versuchte sie Juli davon zu überzeugen, sich doch von Marcel lecken zu lassen. Juli willigte irgendwann ein, ich fand Jeanys Art aber ein bisschen zu forsch. Marcel leckte Juli dann zwar, aber stritt sich mit Jeany am nächsten Tag darüber, da er das Gefühl hatte, Juli wurde von Jeany dazu überredet.

In der folgenden Woche war ich sehr verliebt in Juli. Sie schlief oft bei mir, wir hatten viel Sex und kuschelten. Eines Nachts - ich bot ihr an, zu mir zu kommen, wenn sie nicht alleine schlafen will - kam sie in mein Zimmer und legte sich zu mir. Ich wachte davon auf, war aber nicht böse, sondern kuschelte mit ihr. Wir redeten, knutschten und schließlich ritt sie auf mir. Ich bemerkte in diesem Moment, dass sie sehr laut ist und es war mitten in der Nacht, aber ich sagte nichts. Ich dachte, dass Jeany und Marcel ja auch nachts laut sind und ich deswegen oft nicht schlafen konnte. Als Juli gekommen war, klopfte Jeany an die Tür und forderte uns auf, leise zu sein. Juli schlief ein, ich konnte dagegen nicht mehr schlafen und traf Im Wohnzimmer auf Jeany und Marcel, müde und schlecht gelaunt. Es war circa 6 Uhr morgens und ich hatte ein schlechtes Gewissen, obwohl ja nicht ich so laut war.

Julis und meine Liaison endete genauso schnell, wie sie anfing, nur leider nicht so schön: Wir redeten häufig über BDSM und sie meinte, dass sie sich vorstellen kann, dominiert und herumkommandiert zu werden. Als wir einmal anfingen, rumzumachen, tat ich das also: ich sagte ihr, was sie tun soll. Leider habe ich es versäumt, vorher ein Safeword mit ihr auszumachen. Ich fragte sie während des Spiels immer wieder, ob das, was passiert, ok für sie ist. An einem Punkt sagte sie, dass es nun zu viel für sie ist, also hörten wir auf und redeten. Einige Tage später offenbarte sie mir, dass es schon vorher zu viel für sie war und sie nicht mehr mit mir schlafen wolle. Ich entschuldigte mich und wir redeten lange und intensiv über die Situation.

Später kam sie wieder mit Noel zusammen.

Zusammenbruch

Psychisch labil

Der Lockdown, das Aufeinandersitzen in der WG und die psychische Belastung durch Marcels und Jeanys Beziehung hielten nun schon einige Monate an. Zumindest hatte ich einen neuen Job.

Zu dieser Zeit (etwa im Juni) machte ich viel Sport, ich fuhr viel Fahrrad alleine, um Abstand zu allen zu bekommen. Ich wusste aber, dass ich nicht vor meinem Zuhause und dessen Problemen weglaufen kann. Ich überlegte auch bereits, aus der WG auszuziehen, aber verwarf den Gedanken schnell wieder, denn ich war ja mit Jeany Hauptmieter.

Als ich eine längere Fahrradtour über Rissen und Wedel machte, konnte ich meine Gedanken nicht mehr zurückhalten. Ich sah keinen Ausweg und plante meinen Suizid - nicht sehr konkret, aber es stellte sich beim Gedanken an meinen eigenen Tod ein Gefühl von wohliger Wärme ein. Ich war schockiert über mich selbst und rief Jeany an. Diese war bei Marcel und meinte, ich solle vorbei kommen. Das tat ich und fing wieder an, zu rauchen.

Ein paar Tage später ließ ich mir von meiner Hausärztin *Citalopram* verschreiben. Ich hatte dieses Psychopharmakon schon zwei mal über einen längeren Zeitraum genommen und es half mir immer gut. Nicht so diesmal: es besserte sich überhaupt nichts, bis ich schließlich im Oktober von einem Psychiater *Venlafaxin* verschrieben bekam.

Bis zum Oktober war ich also psychisch immer noch am Boden. Auch die Beziehung zwischen Jeany und mir lief nicht rund: ich sprach in meiner Therapiegruppe viel darüber, was passierte und wie es mir geht. Das war eine sehr große Stütze. Wenn ich allerdings mit Jeany darüber sprechen wollte, kam es fast immer zum Streit.

Die folgenden Kapitel zeigen exemplarisch den Zustand unserer Beziehung zu dieser Zeit.

Beziehungsgrundlage

April 2020

Jeany meinte einmal, dass mich eine bestimmte Einstellung unattraktiv machen würde. Einerseits verständlich, denn eine Beziehung ist nie bedingungslos, sieht man von der Eltern-Kind-Beziehung ab. Mich hat diese Aussage aber trotzdem verletzt, denn das heißt ja, dass ich die Wahl zwischen zwei Übeln habe: mich entweder zu verstellen oder unattraktiv für sie zu sein. Meine Therapeutin meinte dazu, dass Jeany die Beziehungsgrundlage in Frage stelle. Gegenseitige Attraktivität sei eine der Grundlagen für eine Beziehung. Dies ergab für mich total Sinn und ich fühlte mich durch diese Erkenntnis bestärkt, darüber mit Jeany sprechen zu wollen.

Als ich aber nach Hause kam und von der Therapie erzählte, wurde Jeany wütend und fing an zu weinen. Sie war anderer Meinung: sie stelle nicht die Beziehungsgrundlage in Frage, sondern ich beschädige sie durch mein Verhalten. Eine Diskussion, wie wir an unserer Beziehung arbeiten, kam nicht zustande.

Realitätsverweigerung

Mai 2020

Ein anderes Mal meinte ich, etwas an unserer Kommunikation sei kaputt, wenn wir uns jedes Mal gegenseitig Vorwürfe machten, statt konstruktiv zu debattieren. Auch diesen Gedanken hatte ich aus der Therapie, sie verstand ihn jedoch wieder als Angriff, wurde wütend und ging. Ich schrieb sogar mögliche Lösungsvorschläge auf, um sie mit ihr zu diskutieren, aber sie tat jeden Einzelnen ab. Auch besprach ich die gesamte Situation mit Freund*innen, die mir Rückhalt geben konnten. Trotzdem endete Kommunikation mit ihr fast immer im Streit.

Zu dieser Zeit hatte ich von Jeany immer mehr den Eindruck, dass sie sich etwas vormacht. Als Lucy bei uns zu Besuch war und sie mit Marcel angebandelt und schließlich bei ihm übernachtete, war Jeany am nächsten Morgen völlig fertig. Sie lag in ihrem Bett und weinte, ich tröstete sie. Ich fragte, ob sie eifersüchtig sei und sie wurde sofort wütend und meinte, es sei keine Eifersucht, sondern nur überwältigend, wie sehr sie Marcel an sich heran gelassen habe. Auch als Marcel Lucy in Bayern besuchte, ging es Jeany das ganze Wochenende schlecht, aber sie behauptete, keine Eifersucht zu kennen.

Mir hingegen warf sie öfter vor, ich sei gar nicht Polyamor, da ich so eifersüchtig bin.

Arbeitsmoral

Juni 2020

Ein anderes Mal ging es um Noel und seinen Anspruch auf BAföG. Er haderte schon seit Monaten damit, einen Antrag zu stellen, weil er das Geld zurückzahlen müsste, sollte er die Schule nicht erfolgreich abschließen. Nachdem er den Antrag gestellt hatte und dieser bewilligt wurde, kam heraus, dass er den Höchstsatz bekommt. Zusätzlich unterstützte ihn auch seine Mutter. Es waren insgesamt über 1500 Euro monatlich und für die Monate zwischen Antrag und Bewilligung bekam er eine Nachzahlung über mehrere Tausend Euro.

Als ich das erfuhr, wollten Jeany und ich gerade rauchen gehen. Jeany reagierte ärgerlich, sie fand es nicht gerechtfertigt, dass er ohne zu Arbeiten und mit möglichst wenig Anwesenheit in der Schule so viel Geld bekam. In ihrer Kindheit war Geld immer knapp und auch mit 30 Stunden wöchentlicher Arbeitszeit im *Vunderland* hatte sie weniger Geld zur Verfügung als Noel. Ich konnte ihren Ärger durchaus verstehen.

Einige Tage später aber kamen wir erneut auf das Thema und ich meinte, dass wir ja beide auch etwas neidisch wären auf Noel und es uns deshalb so schwer fällt, es ihm zu gönnen. Sie wurde laut und meinte zu mir "mir fällt es überhaupt nicht schwer, ich gönne ihm das total! Ich hätte mich damals gefreut, wenn ich so viel Geld zur Verfügung hätte!". Als ich davon sprach, dass es sich einige Tage zuvor noch anders angehört hatte, bestritt sie vehement, es ihm je missgönnt zu haben.

Mehr noch: als ich sagt, dass ich mir sicher sei, sie habe das einige Tage zuvor anders eingeschätzt, wurde sie wieder wütend. Sie warf mir vor, ich hätte bei meinem Job eine mangelnde Arbeitsmoral, was mich wirklich ärgerlich machte. Ich hatte mich auf der Arbeit die letzten Wochen wirklich reingehängt und das wusste sie auch. Völlig perplex entgegnete ich "So lasse ich nicht mit mir umgehen" und verließ das Zimmer. Sie schrie mir hinterher "Wow, jetzt hast du es mir aber gezeigt!"

Undine

Undine hatte ich auf *okCupid* kennen gelernt. Wir hatten unser erstes Date im *An Vegan House* in Winterhude und machten danach einen Spaziergang um die Alster. Zum zweiten Date verabredeten wir uns zum Bouldern in Wandsbek.

Wir verstanden uns gut, vertrauten uns viel Privates an und küssten uns schließlich. Nach dem Bouldern gingen wir noch einen Döner essen und spazierten anschließend um den Block, wo wir weiter rummachten. Als ich auf die Uhr schaute, überfiel mich jedoch Angst. Ich hatte Jeany versprochen, gegen 7 zuhause zu sein, weil sie dann auch da war und von meinem Date hören wollte. Das würde ich jetzt nicht mehr schaffen.

Zu spät kommen ist eigentlich kein Problem, das mir oft begegnet. Wenn es mir doch mal passiert, sage ich immer Bescheid. Bisher war das auch nie ein Problem.

Trotzdem bekam ich Panik. Ich versuchte Jeany anzurufen und, als ich sie nicht erreiche, schickte ich ihr eine Sprachnachricht, dass ich eine halbe Stunde später zuhause bin. Jeany las die Nachricht, aber antwortete zuerst nicht, was mich noch unruhiger machte. Ich ahnte, dass sie sauer sein würde, weil ich mich nicht an unsere Abmachung gehalten hatte, sondern zu spät kam.

So war es dann auch: Jeany war sauer und warf mir vor, ich kümmere mich nicht um ihre Gefühle. Wenn ich diese Abmachungen nicht einhalten kann, sei ich für mehrere Beziehungen nicht geeignet. Ich fand das sehr harsch, da ich sonst nie zu spät kam. Ich entschuldigte mich und war deprimiert

Interessanterweise gab es eine ähnliche Situation schon einmal, nur mit anderen Rollen: Als ich mich im Frühling 2019 - ich war noch mit Linda zusammen - mit Jeany in Harburg traf, wollten wir Pizza bestellen und beschlossen, eine Stunde später als geplant die Airbnb-Wohnung zu verlassen. Ich sagte Linda Bescheid, diese rief mich sofort an und mockierte, dass das gar nicht ginge und sie enttäuscht sei, weil sie mit mir persönlich sprechen wolle. Jeany und ich brachen also unseren Plan ab und ich war wie geplant zuhause bei Linda. Jeany verstand hingegen Lindas beharren auf Pünktlichkeit überhaupt nicht.

Ramona

Mai 2020

Auch über *okCupid* hatte ich Ramona kennen gelernt, die schon begeisterte Zuhörerin unseres Podcasts war. Witzigerweise kannten wir ihren Freund bereits: Als ich noch mit Linda zusammen war, hatte dieser ein Date mit ihr und wir waren zu viert (inkl. Jeany) bei unseren ehemaligen Nachbarinnen auf einer Feier.

Ramona und ich machten beim zweiten Date ein bisschen rum, später war sie mit ihrem Partner auch einmal in der WG. Mit Jeany verstand sie sich gut, allerdings sagte mir Ramona nach einigen Dates, dass sie sich mit mir nichts körperliches vorstellen kann, da ich ihr zu klein sei. Sie fühle sich wie ein "Koloss" neben mir - sie ist zwar nur minimal größer als ich, hat aber eine Körperwahrnehmungs- und eine Essstörung. Mich hat das natürlich traurig gemacht, aber wir blieben auch danach weiterhin befreundet und vertrauten uns viel an.

Nachdem wir uns schon einige Male getroffen hatten, sprach ich mit ihr über den Porno, den Jeany und ich für *Lustery* aufgenommen hatten. Ramona wirkte interessiert und ich schickte ihr den Link zum Trailer. Dieser Trailer ist öffentlich verfügbar: Jeany hatte ihn nicht nur unserer WG und dem Freundeskreis gezeigt, auch im Podcast hatten wir darüber gesprochen. Wenn man unsere Namen googelt findet man den Trailer ebenfalls. Ich hatte also nicht gedacht, dass es ein Problem sein könnte, ihn auch mit Ramona zu teilen. Jeany fand das allerdings gar nicht gut, warf mir eine Grenzüberschreitung vor und machte mir Vorwürfe, wie ich so etwas ohne Absprache teilen könne. Ich entschuldigte mich wieder.

Ein anderes Mal erzählte ich Ramona von der Situation, als es mir schlecht ging und Jeany nicht bei mir schlafen wollte, dann aber mit Marcel Sex hatte (Seite 63). Ich brauchte jemanden zum Reden, Ramona hatte genug Abstand zur WG und war eine gute Freundin geworden. Ich konnte in diesem Gespräch eine große Last los werden, sie verstand mich und war ihr wirklich dankbar. Dabei ließ ich auch meinen eigenen Beitrag zur schwierigen Beziehungssituation nicht aus.

Als ich aber Jeany gegenüber erwähnte, wie gut es mir tat, mit Ramona über diese Situation zu sprechen, wurde Jeany sehr wütend. Sie weinte und schrie, was das für ein Licht auf sie werfe und wie ich es wagen kann, "private Beziehungsdetails" mit Menschen zu teilen, die ich "ja gar nicht kenne".

Jeany und Natascha

Auch Jeany hatte angefangen zu daten: Natascha hatte sie auf *okCupid* kennen gelernt. Allerdings gab es einiges, was Jeany an ihr störte, z.B. ihre Fixierung auf gesundes Essen und Diät, was Jeany, die selbst einen schwierigen Umgang mit Essen hatte, triggern konnte. Außerdem war sie mit Nataschas Umgang mit den Corona-Regeln nicht einverstanden: Natascha veranstaltete während des Lockdowns Feiern in ihrer WG. Jeany sagte aber all dies nicht ihr, sondern mir. Natascha datete sie weiterhin unbekümmert.

Nach all diesen Vorkommnissen hätte ich mich zu diesem Zeitpunkt trennen sollen. Ich war aber psychisch so abhängig, dass ich mir nicht vorstellen konnte, die Beziehung zu Jeany zu beenden. Ich hatte schon zu viel investiert. Im Gegenteil, ich übernahm ihre Sichtweise und zweifelte damit meine komplette Realität an. Nur meine Gruppentherapie hat mich zu diesem Zeitpunkt stabilisiert.

Jeanys und meine Beziehung war auch von ihrer Partnerschaft zu Marcel komplett getrennt. Ich erinnere mich an einen Streit zwischen uns, als wir bei Marcel waren. Anstatt beschwichtigend einzugreifen, starrte Marcel auf sein Handy und sagte gar nichts. Er begründete es später mit "ist ja eure Beziehung". Erst jetzt wird mir klar, dass dies nicht das Verhältnis war, das ich mir bei *Kitchen Table Polyamory* wünschte. Auch später im Urlaub ereignete sich eine ähnliche Situation (siehe Seite 90).

Außerdem war da noch der Mietvertrag, in dem Jeany und ich beide als Hauptmieter*innen standen. Dies stellte für mich ein unüberwindbares Hindernis dar, obwohl ich die Situation schon lange nicht mehr ertragen konnte.

Schweden

Urlaub zu dritt

August 2020

Heute frage ich mich wirklich, warum - ich nach allem, was passiert war - mit den beiden auch noch in den Urlaub gefahren bin. Ich hätte wissen müssen, wie schlimm es werden würde.

Jeany hatte sogar den Vorschlag gemacht, dass sie von ihren zwei Wochen Urlaub eine mit mir verbringt und die andere mit Marcel. Ich habe abgelehnt. Scheinbar wollte ich mir beweisen, dass ich es "kann".

Heute sehe ich außerdem einige Dinge, die ich als Red Flags hätte erkennen müssen:

- Marcel wies uns explizit darauf hin, dass er einen entspannten Urlaub wünscht und "kein Drama wegen Flos Psyche".

- Jeany sagte mir, dass sie keinen Trost spenden kann, wenn es mir schlecht ginge.

- Sie fragte mich außerdem, ob es für mich ok wäre, wenn sie Marcel sagt, dass sie ihn liebt. Auch wollte sie mit ihm ohne Kondom schlafen. Ich willigte ein, weil ich sie nicht verlieren wollte.

Für diese Dinge war ich aber blind. Ich dachte immer noch, dass es schon wieder gut wird. Ich hatte den Glauben nicht verloren. Also fuhren wir los.

Camping

Die ersten paar Tage zu dritt waren erstaunlich entspannt. Bis wir im Nationalpark Zelten waren: Jeany packte einen Schlafsack ein und stritt sich über die richtige Technik mit Marcel. Ich sagte etwas wie "ich glaube, es gehört anders herum" und bekam daraufhin von ihr entgegengeschleudert "misch dich nicht ein".

Mir zeigte dieser Moment, was ich lange nicht wahrhaben wollte: Jeany und ich waren schon lange kein Team mehr. Ich will so nicht sein, ich will mich einmischen, wenn mir Menschen wichtig sind. Diese Situation spielte auch in meiner Therapie eine große Rolle, steht sie doch exemplarisch für so viel, was zu dieser Zeit schief lief.

Auf einer Autofahrt wenige Tage später eskalierte die Situation erneut. Ich war am Steuer, Jeany saß auf dem Beifahrersitz. Ich fand die Luft im Wagen stickig und bemerkte, dass der Umluft-Knopf (der die Luftzufuhr von außen abschneidet und nur die Luft im Inneren umwälzt) aktiviert war. Also schaltete ich ihn aus. Jeany fragte mich, warum ich die Klimaanlage ausschalte und ich sagte, dass das nur der Umluft-Knopf ist. Sie sagte dass das nicht stimmt und als ich ihr widersprach, rastete sie völlig aus. Sie beschimpfte mich, dass ich Mansplainen würde und ihr nur deswegen nicht glaube, weil sie eine Frau ist.

Das Argument kam häufig an dieser Stelle einer Diskussion. Jeany wusste, dass ich darauf reagiere, wenn sie mein Verhalten in Kontext von toxischer Männlichkeit stellt. So auch diesmal: Ich brach die Diskussion ab, fuhr rechts ran und bat Marcel (der sich vorher, wie immer, nicht einmischte) zu fahren. Auf dem Rücksitz weinte ich, bis Jeany es bemerkte, Marcel anhielt und wir draußen über die Situation sprachen. Von Jeany kam keine Einsicht.

Übrigens hat niemals jemand Jeanys Argumentation bestätigt, mein Verhalten sei toxisch männlich. Von vielen Menschen bekomme ich sogar das Gegenteil zurückgemeldet: ich sei einfühlsam und habe feministische Einstellungen. Jeany war die Einzige, die mein Verhalten je als diskriminierend empfand.

Am nächsten Tag waren wir in der Nähe von Motala in Mittelschweden zelten. Jeany hatte mir einige Nächte vorher auf meinen Annäherungsversuch im Zelt klar gemacht, dass sie Sex im Zelt unbequem findet und nicht mit mir schlafen will. Scheinbar hatte sie aber ihre Meinung geändert, denn als ich alleine im Zelt lag, hörte ich die beiden nebenan vögeln.

Ich konnte es nicht aushalten und musste raus, bin spazieren gegangen und setzte mich mit einer Flasche Wein an den See. Erst sehr viel später schlief ich ein.

Am nächsten Morgen erzählte mir Jeany, dass sie das erste mal ohne Kondom mit Marcel geschlafen hatte. Das war ein Schock für mich. Ich sprang mitsamt meiner Kleidung in den kalten See um irgendetwas zu spüren. Anschließend saß ich lethargisch und wieder mit einer Flasche Wein am See. Ich entschied mich, am nächsten Tag alleine mit dem Zug nach Malmö zu fahren. Sowohl Jeany als auch Marcel wirkten erleichtert.

Malmö

August 2020

Der Aufenthalt in Malmö tat mir gut, auch wenn ich mich einsam fühlte. Alles war besser, als den Urlaub in dieser Weise fortzusetzen. Ich versuchte mich an Tinder, aber hatte kein Match, das mich interessiert. Meiner Stimmung hat das natürlich nicht geholfen. Daneben war ich aber auch viel draußen, habe gelesen und eine Radtour gemacht.

Drei Tage später traf ich Marcel und Jeany an einem *Max Burger* Restaurant etwas außerhalb von Malmö. Wir wollten ein letztes Mal dort die fantastischen veganen Burger essen, mussten aber auf einen anderen ausweichen, da dieser geschlossen hatte. Während meiner Zeit in Malmö habe ich u.a. mit Lucy telefoniert und sie gab mir den Tipp, die Zeit, in der man über Probleme redet, zu begrenzen, um sich auch auf schöne gemeinsame Zeit freuen zu können. Ich schlug Jeany diese Strategie auf der Heimfahrt vor, aber aus irgendeinem Grund führte auch das wieder zum Streit. Sie erzählte mir auch davon, wie sie mit Marcel Sex auf einem Zeltplatz hatte.

Nachdem wir wieder in der WG ankamen, traf mich der Schlag: es war furchtbar unordentlich. Ich war psychisch immer noch angeschlagen und fing an zu weinen, als wir wieder alleine waren. Ich weinte stundenlang, es war, als bahnte sich alles, was sich die letzten Wochen und Monate angestaut hatte, seinen Weg nach draußen. Jeanys Kommentar zur Situation in der WG war: "Du bist doch auch nicht ordentlicher".

Trennung

Pleasure Party

Oktober 2020

Nach dem furchtbaren Urlaub war ich einige Tage bei meinen Eltern, um Abstand von allem zu bekommen. Ich änderte meine Medikation und fing an, wieder regelmäßig zu meditieren und weniger zu trinken. Auch mit der WG lief es besser, immerhin war der Lockdown vorbei. Aber ein Problem blieb: ich kam immer noch nicht damit klar, dass Marcel und Jeany in der WG Sex hatten und ich es mitbekam.

Vor allem hatte ich das Gefühl, dass Jeany mit mir wesentlich weniger schläft als mit ihm. Ich wollte mich nicht vergleichen, trotzdem tat ich es. Als ich es ansprach, kamen von Jeany nur Dementi: ich würde mir das einbilden und außerdem sei das überhaupt nicht wichtig. Heute bin ich der Meinung: wenn einer der Partner*innen mit der Quantität an Sex und Nähe nicht zufrieden ist, dann ist es wichtig, darüber zu sprechen und eine Lösung zu finden! So aber stellte ich meine eigenen Bedürfnisse zurück und glaubte Jeany, dass ich mir das alles nur einbilde. Nachdem ich ausgezogen bin, ging ich meine Tagebücher durch und stellte fest, dass ich mir das ganz und gar nicht eingebildet hatte.

Ansonsten stritten Jeany und ich aber nicht mehr viel. Wir gingen - in meinem Erleben - sogar recht harmonisch miteinander um. Nur waren wir uns nicht mehr so nahe wie noch im Jahr zuvor, aber dass die Fokussierung aufeinander nach einiger Zeit nachlässt ist ja nichts Ungewöhnliches.

Was mir aber auffiel: ich äußerte häufiger, dass ich wieder Lust auf gemeinsame Unternehmungen wie Skaten oder Bouldern hätte. Beides hatten wir schon zusammen gemacht. Ich hätte auch Lust gehabt, mit ihr etwas neues auszuprobieren, wie zusammen Musik zu machen. Jeany hatte aber auf diese Aktivitäten keine Lust und meinte, dass sie gerade zwischen Corona und ihrer Arbeit keinen Kopf dafür hat. So verbrachten wir nur wenig Quality Time miteinander.

In der WG veranstalteten wir Ende Oktober eine *Pleasure Party*. Die Corona-Inzidenz ließ das zu, allerdings mussten wir dann doch spontan wieder zwei Leute ausladen, um innerhalb des erlaubten Rahmens zu bleiben. Jeany, Marcel und ich machten zu dritt das Organisationsteam.

Auf der Party selbst hatte ich das starke Bedürfnis, mit Jeany intim zu werden. Als ich sie beim Einführungsspiel danach fragte, entgegnete sie "mal sehen". Ich beschäftigte mich dann im Laufe des Abends mehr mit Undine und hatte auch Sex mit ihr. Jeany, Lucy, Marcel, Max und Maria waren zusammen in Jeanys Zimmer zugange.

Der Abend an sich war schön, aber mir fehlte Nähe zu Jeany wirklich sehr.

Jeany liebt mich nicht mehr

November 2020

Am Tag nach der Pleasure Party waren wir mit Lucy bei Marcel, die auch bei ihm übernachtete. Jeany und ich fuhren mit der S-Bahn nach Hause und ich klärte währenddessen Details meines Dates mit Marie ab - sie wohnte in Lüneburg, wir hatten uns schon vor einiger Zeit bei okCupid kennen gelernt. Das Date sollte am Wochenende darauf bei ihr stattfinden und ich wollte bei ihr übernachten.

Als wir auf dem Weg nach Hause in Eidelstedt aus der S-Bahn ausstiegen, fragte ich Jeany, ob es für sie ok sei, wenn ich dort übernachte. Ich wusste ja, dass dieses Thema für sie schwierig sein kann. Sie meinte aber, dass es natürlich in Ordnung sei. Ich freute mich, aber es beschlich mich ein Gefühl des Zweifels. So unkompliziert war es noch nie gewesen.

An diesem Abend wollte Jeany alleine schlafen.

Lucy fuhr am nächsten Tag wieder nach Hause und Jeany ging zu Marcel. Als sie am Dienstag wieder nach Hause kam, war ich bei meiner Therapie. Jeany schrieb mir auf dem Rückweg, dass sie gerne mit mir reden wolle, aber wahrscheinlich erst morgen. Natürlich machte es mich neugierig, aber zu diesem Zeitpunkt dachte ich nicht an eine Trennung. Wieso auch - es war ja so entspannt wie seit Monaten nicht mehr.

Auch diese Nacht wollte Jeany alleine schlafen und wir vereinbarten, am nächsten Tag darüber zu reden. Sie wirkte bedrückt, wollte aber nicht sagen, warum.

Am nächsten Morgen bat sie mich in ihr Zimmer, noch bevor ich überhaupt gefrühstückt hatte. Sie hatte Tränen in den Augen und schluchzte, dass sie nicht mehr verliebt in mich sei. Ich antwortete "das ist ja auch normal nach 1,5 Jahren Beziehung". Sie meinte aber etwas anderes und gestand mir, dass sie mich nicht mehr liebe. Und dass sie sich "nichts mehr wünscht, als mich wieder zu lieben".

Als Marcel tags zuvor mit Lucy alleine war, hatte diese ihn gefragt, ob Jeany mich noch lieben würde. Lucy hatte diesen Eindruck nicht. Marcel gab die Frage am nächsten Tag an Jeany weiter und sie musste sich eingestehen, dass sie das nicht mehr tat.

So saß ich am Mittwoch morgen auf Jeanys Bett und tröstete sie, die sich gerade von mir getrennt hatte.

Sie bekräftigte, dass sich "nichts zwischen uns verändern muss" - egal ob an der Wohnsituation, unserem Umgang miteinander oder auch sexuell. Ich habe das zu dem Zeitpunkt schon nicht mehr geglaubt und wurde darin in den kommenden Wochen und Monaten bestätigt.

Meine Trauer und Fassungslosigkeit setzte erst eine Woche später ein. Am Wochenende hatte ich ja das Date mit Marie in Lüneburg. Als ich zurück kam, war Jeany sehr wortkarg, begrüßte mich kaum und hatte Tränen in den Augen. Ich hatte das Gefühl, dass sie wütend war. Sie kam von Marcel und wir trafen uns an der S-Bahn, weil ich noch etwas eingekauft hatte.

Nur ein paar Meter später platzte es aus ihr heraus: Wie könne ich so kurz nach der Trennung ein Date haben, ob mir unsere Beziehung überhaupt nichts bedeutet hätte? Ich war fassungslos. Sie traf sich seit fast einem Jahr mit Marcel und machte mir Vorwürfe, dass ich ein Date nicht abgesagt hatte. Ich fühlte, dass sie mich trotz unserer Trennung weiterhin emotional im Würgegriff hatte und spürte eine Wut in mir aufsteigen. So wollte ich nicht mehr mit mir umgehen lassen.

Quarantäne

Einige Tage später traf ich mich mit Mira, die ich ebenfalls auf *okCupid* kennengelernt hatte, auf eine Pizza. Wir hielten Abstand, da die Fallzahlen schon wieder stark nach oben gingen und Maria, Noel und Juli mit Krankheitssymptomen zuhause waren. Das stellte sich als eine gute Idee heraus, denn die drei hatten sich tatsächlich mit Covid-19 infiziert.

Jeany war an diesem Tag zu Marcel gegangen und als sie sich am nächsten Tag testen ließen, kam heraus, dass auch sie sich infiziert hatte. Mohammed und ich bewohnten also die obere Etage und desinfizierten die komplette Küche, bevor wir sie benutzten.

Sonntag - zwei Tage nach Beginn der Quarantäne - war mein Geburtstag. Ich konnte nur Mohammed umarmen, ansonsten musste ich mich von allen fernhalten. Als wäre das nicht genug, entwickelte Mohammed an diesem Tag auch noch Symptome und wir ließen uns beide testen. Die Ergebnisse kamen am Montag morgen: Mohammed positiv, ich negativ. Damit war ich der einzige in der WG, der kein Corona hatte.

Ich hielt also Abstand zu allen anderen, rauchte und arbeitete in meinem eigenen Zimmer und schlief in Jeanys Bett. Diese zwei Wochen waren quälend lang, vor allem weil die

Trauerphase der Trennung bald Einzug hielt (Seite 135). Ich fiel in ein großes Loch. Nach neun Tagen - zwei Tage nach den letzten Symptomen - durften alle anderen wieder raus, nur ich musste die vollen zwei Wochen in Quarantäne bleiben.

Ich weiß bis heute nicht, wie ich es geschafft habe, nicht durchzudrehen.

Plenum

Dezember 2020

Mir ging es wirklich schlecht und ich überlegte ernsthaft, auszuziehen. Aber ich wollte nach der Trennung von Jeany endlich den Mut aufbringen, mit den Mitbewohner*innen und Marcel darüber zu sprechen, dass es eine Belastung für mich ist, wenn er hier ist. Das sollte nie heißen, dass er nicht mehr in die WG kommen solle - ich wollte nur mit meinen Bedürfnissen gehört werden. Also schrieb ich "Marcel" und "Zukunft der WG" auf die Plenumsliste.

Ich wusste nun, dass ich nicht mehr ewig hier wohnen würde. Jeanys und mein Traum einer Zukunft zusammen war für mich geplatzt und unsere Mindestmietdauer von zwei Jahren würde im nächsten Sommer erreicht sein. Ich wollte mich an die Gründung einer Gemeinschaft auf dem Land machen, aber als ich das beim Plenum ansprach, erntete ich nur Irritation. Keiner der Anwesenden dachte daran, die WG mit einer noch zu gründenden Gemeinschaft zu tauschen, zumindest nicht im nächsten Jahr.

Beim Plenum kam aber auch heraus, dass Juli und Jeany schon relativ konkret über ein Wohnprojekt gesprochen hat und sie sich einig waren, dass sie ein solches gründen wollen, sobald Juli mit ihrer Ausbildung fertig wäre. Mich hat das schockiert, denn das war immer Jeanys und mein Plan gewesen. Nun war ich scheinbar auch dort raus.

Marcel war beim Plenum auch anwesend. Ich erzählte ihm von meinen Gefühlen und er versprach, darauf Rücksicht zu nehmen. Dennoch wollte sich niemand auf eine konkrete Regelung wie "Marcel übernachtet zweimal die Woche hier" einlassen. Ich gab mich damit zufrieden, aber Sicherheit gab mir das auch nicht.

Jeany und ich nahmen im Dezember auch eine neue Folge unseres Podcasts *monokultur.fm* auf und schon währenddessen fragte ich mich, wie lange sie wohl noch Lust darauf hätte. Wir berichteten unseren Hörer*innen von unserer Trennung, ich sagte: "Du hast dich von mir getrennt, weil du mich nicht mehr liebst". Jeany wedelte mit beiden Händen in der Luft und entgegnete "Stopp mal kurz!". Ich stoppte also die Aufnahme und forderte mich auf, nur zu sagen "wir haben uns getrennt".

Jahreswechsel

Dezember 2020/Januar 2021

Anfang Dezember war das Verhältnis zwischen der WG und mir schlechter geworden. Durch die Quarantäne hatte ich mich sehr eingeigelt und das Gefühl, ich sei kein "richtiges" Mitglied der Gruppe. Durch das ständige Trash-TV schauen, dem ich nichts abgewinnen konnte, fühlte ich mich zunehmend außen vor. Aber ich konnte dieses Gefühl bald benennen und versuchte, daran was zu ändern: Ich schrieb in die WG-Telegram-Gruppe eine Entschuldigung und Erklärung für meine Abkapselung die letzten Wochen und endete mit den Worten "ihr seid die beste WG, die man sich vorstellen kann".

Darauf antwortete nur eine einzige Person: Noel. Das tat weh.

Weihnachten wollte ich auf keinen Fall in der WG verbringen. Das Jahr zuvor war Marcel schon mit Jeany in der WG und die Aussicht, Heiligabend nach unserer Trennung mit den beiden zu verbringen, fand ich furchtbar. Also buchte ich Zugtickets zu meinen Eltern.

Leider waren die Corona-Inzidenzen um Weihnachten besonders hoch und der Landkreis, in dem meine Eltern wohnten, war im Dezember sogar der mit der höchsten Inzidenz in

Deutschland. Ich haderte also mit mir, aber entschied in der Woche vor Weihnachten, doch nicht zu fahren.

An Heiligabend war dann Marcel hier, außerdem Mohammed und jemand anders aus der WG (ich kann mich nicht mehr genau erinnern, wer). Auch die Bescherung war nett, nur wunderte ich mich, dass Marcel und Jeany sich nichts schenkten. Später erfuhr ich, dass sie die Bescherung danach in Jeanys Zimmer machten, was ich nicht verstand. Hatte Jeany nicht gesagt, es müsse sich nichts ändern zwischen uns?

Den Rest des Abends kochten wir etwas, tranken Wein und hatten eine erstaunlich gute Zeit. Bis auf einen Punkt: Als Marcel kam, sagte er, er würde mich gerne nicht umarmen, weil sich das für ihn nicht gut anfühlt.

Die Tage danach machte mir das zu schaffen und ich fragte Jeany, ob es Marcel gut geht. Sie meinte, dass er nicht mehr gerne hier ist, weil er sich von mir nicht willkommen fühlt. Sie sagte auch, dass ich einen Witz über sein Essverhalten gemacht hätte.

Die Situation war Folgende: Marcel aß unheimlich gerne Seitanwurst, die ich selbst machte. Wenn ich zwölf Gläser herstellte, nahm er mir sechs davon ab (natürlich fragt er vorher und bezahlt die Gläser auch!). An einem Tag im Dezember frühstückten wir gemeinsam. Jemand holte ein neues Glas Seitan aus dem Schrank und meinte, dass nur noch zwei Stück darin wären. Ich erwiderte "dann muss ich schnell neuen machen, zwei Stück isst Marcel ja an einem Tag".

Ich wollte darauf anspielen, wie sehr er meinen Seitan mag und hatte in der Situation überhaupt nicht gemerkt, dass es auch anders rüber kommen könnte: Marcel hatte meine Aussage auf sein Gewicht bezogen. Nach Jeanys Erklärung entschuldigte ich mich bei ihr und bei Marcel. Ich hatte trotzdem ein schlechtes Gewissen und erzählte auch in der Therapie, dass sich Marcel nun nicht mehr wie eine "Bedrohung" anfühlt. Meine Therapeutin meinte, dass plötzlich nicht nur ich verletzlich sei, sondern auch er. Dadurch löse sich das (scheinbare) Machtgefälle auf und wir könnten auf Augenhöhe sprechen.

In den kommenden Wochen achtete ich darauf, dass ich Marcel gegenüber freundlich und nachsichtig war. Ich fragt Jeany oft, wie es ihm geht und auch - weil ich wusste, dass er es unbedingt will, sich aber oft nicht aufraffen kann - ob die beiden zusammen Sport machen. Von meiner Seite aus war tatsächlich alles ok zwischen Marcel und mir.

Umarmt hat er mich trotzdem nicht wieder. Ich dachte aber, das dauert einfach nur ein bisschen.

An Silvester waren wir in der gleichen Konstellation, nur dass ich spontan beschloss, nichts mehr zu trinken. Aufgehört zu rauchen hatte ich schon ein paar Wochen vorher. Kurz nach 12 ging ich ins Bett (anstatt mit meiner WG auf einen Spaziergang zu gehen) und war zuversichtlich, dass 2021 alles besser würde.

Im Januar schickte Juli in der WG-Gruppe einen Narzissmus-Selbsttest rum. Es war nicht irgendein Test, sondern von einem amerikanischen psychologischen Institut. Ich habe leider den Link dazu nicht mehr.

Viele von uns machten also den Test und posteten ihre Ergebnisse in der Telegram-Gruppe. Ich erinnere mich nicht mehr an die einzelnen Ergebnisse, aber mein Testergebnis war im unteren Drittel und das niedrigste der WG. Als ich mit Juli in der Küche darüber sprach, kam als Reaktion von ihr "ich dachte, du bist mehr narzisstisch".

Jeany hat diesen Test nie gemacht - oder sie hat ihr Ergebnis nie gepostet.

Zerwürfnis

Noel trennt sich

Schon Ende 2020 hat Noel uns offenbart, dass er überlegt, eine Weile auszuziehen. Nachdem Juli und er mittlerweile 1,5 Jahre quasi zusammen in seinem kleinen Zimmer wohnten, wollte er etwas Abstand gewinnen. Das würde, so seine Hoffnung, auch ihrer Beziehung gut tun.

Im Februar oder März fand er dann eine WG in Schnelsen und zog dort ein - ursprünglich nur für 3 Monate. Die Tatsache, dass er aber all seinen Kram mitnahm (auch den nicht-alltäglichen) und zu seiner Mutter brachte, lies mich von Anfang an daran zweifeln, ob er wirklich zurück kommen wollte.

Juli wohnte nun also "offiziell" in Noels Zimmer und es kam wie es kommen musste - einige Tage nach seinem Auszug trennte sich Noel von ihr. Alle waren in dieser Zeit für Juli da (ich brachte ihr z.B. Donuts vorbei), gleichzeitig war es mir wichtig, keine Abneigung gegen Noel zu hegen. Er hatte mir ja nichts getan und was genau zwischen den Beiden vorgefallen war, wusste ich nicht. Dies schienen aber nicht alle so zu handhaben.

Tags darauf saß ich oben am Schreibtisch, arbeitete und hatte Kopfhörer auf. Aus irgendeinem Grund nahm ich die

Kopfhörer ab und bekam mit, dass sich Juli, Jeany und Maria unten am Küchentisch unterhielten. Es ging um die Trennung und Juli war (verständlicherweise) nicht gut auf Noel zu sprechen. Was mich aber schockiert hat, ist, wie Maria sofort auf Julis "Hasstirade" eingestiegen ist und die beiden zusammen Noel beleidigten.

Dies ging fast eine halbe Stunde, in der ich nur still saß und zuhörte. Jeany verstand zwar Julis Seite, ließ sich aber nicht darauf ein, ihn auch zu verurteilen. Ich hatte zu dieser Zeit auch Kontakt zu Noel und wusste, dass es ihm schlecht ging, aber berichtete ihm trotzdem vom Gespräch. Er schien nicht verwundert zu sein.

Als ich von meinem Stuhl aufstand und nach unten ging, wurde unter den drei Frauen schlagartig das Thema gewechselt. Mich hat diese Situation deswegen so bewegt, weil ich mir nicht vorstellen konnte, dass hinter dem Rücken einer Person so hergezogen wird. Das war für mich das Gegenteil eines achtsamen Umgangs miteinander und ich fragte mich, was wohl hinter meinem Rücken über mich gesagt wird.

Noels Bild

März 2021

Juli sagte mir einige Tage später in der Küche, dass sie Noels Bild nicht mehr sehen wolle. Ein Bild von ihm hing nämlich an der Wand im Wohnzimmer und war Teil des "Baumacker-Universums": Polaroids von allen Mitbewohner*innen und Freund*in der WG. Ich dachte daran, dass ja nur sie ein Problem mit Noel hat und es unfair den anderen gegenüber wäre, es abzunehmen und antwortete "dreh es doch um".

Am nächsten Tag - ich machte mir gerade einen Kaffee - fiel mir auf, dass das Bild verschwunden war. Ich hatte keine gute Laune und schrieb ich in die WG-Telegram-Gruppe, dass ich es nicht ok finde, ohne Absprache Sachen aus dem Gemeinschaftsraum zu entfernen. Wir hätten uns darauf geeinigt, Konsens von allen Mitbewohner*innen einzuholen.

Daraufhin brach ein Streit los. Mir wurde mangelnde Empathie vorgeworfen und entgegnete, ich verstehe ja, dass Juli Noels Bild nicht mehr sehen will, aber sie hätte es - wie gesagt - umdrehen können. Sie meinte, auch dann wäre ihr Zuhause kein Safe-Space und ich teilte ihr mit, dass mein Zuhause das ganze letzte Jahr kein Safe-Space für mich gewesen sei.

Außerdem wurde mir vorgeworfen, dass ich überhaupt in der Telegram-Gruppe diskutieren wolle, weil Maria doch Disharmonie in der WG so sehr stresst. Ich hatte schon lange den Eindruck, dass Regeln immer nur für mich gelten, nie für andere (überspitzt gesagt) und hatte jetzt eine Bestätigung (Seite 137).

Während dieser Diskussion wurde mir klar eines klar: ich muss hier raus.

Trauma

Ich sagte Jeany, dass ich ausziehe und wir fingen beide an zu heulen. Unser gemeinsamer Traum war hier zu Ende (wahrscheinlich schon vorher, aber hier wurde es offensichtlich).

Und ich übte mich in Vergebung.

Während der Zeit der Wohnungssuche hatte ich einen Traum. Ich erinnere mich nicht mehr genau daran, nur so viel: Marcel und andere Männer, die ich für "gefährlich" hielt, standen um mich herum und lachten mich aus. Ich fühlte mich hilflos. Diesen Traum sprach ich auch in der Therapiegruppe an.

Und gleichzeitig war da ein Erkenntnis: Nicht Marcels Verhalten oder sein Verhältnis zu Jeany machten es für mich schwer bis unmöglich, ein "normales" Verhältnis zu ihm zu haben. Es muss eine Art von Trauma sein, dass ich seit meiner Kindheit in mir trage und an das ich immer wieder - duch ihn und andere Männer vorher - erinnert werde. Deshalb fühlte ich mich seit 1,5 Jahren ständig unwohl in seiner Umgebung, hatte Panik wenn er in Jeanys Zimmer war und Depressionen im Urlaub, als ich ihm nicht aus dem Weg gehen konnte!

Marcel kann also gar nichts dafür und das sagte ich ihm auch. Und ich sprach es bei Maria an und sie verstand es. Es sah aus, als würde ich meinen Frieden finden. Sogar mit Juli bahnte sich ein klärendes Gespräch an. Ich fühlte mich stark wie schon lange nicht mehr.

Eine Sache, die ich aus der Therapie mitgenommen hatte, wollte ich aber noch kommunizieren: Dass ich bereit bin, nicht auszuziehen, falls Marcel nicht mehr kommt oder wir eine Regelung finden, die für mich in Ordnung ist. Ich habe nie daran geglaubt, dass es für irgendjemanden aus der WG eine Option sei, aber ich wollte es der Vollständigkeit halber einmal angeboten haben. Also schrieb ich es in eine Telegram-Gruppe ohne Marcel.

Jeany meinte, dass es für sie keine Option ist, dass ihr Partner nicht mehr kommt. Sie dankte mir aber, dass ich es angesprochen habe. Juli meinte auch, dass sie sich nicht darauf einlassen würde und dass es das beste ist, wenn ich ausziehe. Sie machte nicht den Eindruck, als verstände sie mein Problem, aber war auch nicht forsch in ihrer Aussage. Maria antwortete, ich solle "nicht immer alles auf Marcel abwälzen" und es sei ja "anmaßend", so eine Forderung zu stellen (es war eher ein Angebot, als eine Forderung). Ich solle endlich ausziehen.

Gerade weil ich erst einige Tage vorher mit Maria gesprochen hatte, zog es mir bei dieser Nachricht die Schuhe aus. Wie kann jemand so abweisend sein, der ich erst vor Kurzem meine Gefühle in dieser Sache offenbart hatte und die auch Verständnis gezeigt hatte? Darüber hinaus meinte sie, dass es sich für sie "nicht gut anfühlen würde, mich zu umarmen" wenn sie wieder kommt (sie war einige Zeit bei ihren Eltern). Als sie dann kam, verzichtete sie nicht nur auf eine Umarmung, sondern ignorierte mich vollends - wie Juli das auch schon tat. Ich war gekränkt und verletzt.

Ich schrieb daraufhin in die Gruppe, dass ich es nicht einsehe, die WG mit meinem Beitrag zur Gemeinschaftskasse (mittlerweile der Höchste von allen) weiterhin zu unterstützen und somit auch beim gemeinsamen Kochen raus bin. Für mich war das nur folgerichtig: warum sollte ich Teil einer WG sein, die mich nicht unterstützt und aus der mich zwei Mitbewohnerinnen ignorieren?

Am meisten Leid tat mir Mohammed. Als ich ihm von meinem Auszug erzählte, weinte er und meinte, dass er lieber Marcel ausgeschlossen hätte als mich. Aber ich konnte nichts für ihn tun.

In den folgenden Wochen suchte ich eine Wohnung und fand sie auch recht schnell. Währenddessen war das WG-Leben an einem Tiefpunkt angelangt: Jeany war nur noch sehr selten hier und auch Juli und Maria waren oft bei Marcel. Wenn sie hier waren, verließen sie den Gemeinschaftsraum, sobald ich kam. Es war eine konstante Anstrengung, über diese zur Schau gestellte Ablehnung nicht durchzudrehen.

Marcel, Juli und Maria ignorierten mich außerdem bei Instagram. Ich fragte Jeany, ob wir noch mal einen Podcast machen würden oder was mit dem Poly-BDSM-Stammtisch war. Ihre Antwort war "damit bin ich durch". Auch sie umarmte mich immer seltener.

Als sie einmal nach Hause kam, erzählte sie, dass sie, zusammen mit Marcel, Lea & Phillipp beim Umzug geholfen hätte. Phillipp ist damals in die WG gekommen, da Jeany ihn ein mal gedatet hatte. Er brachte irgendwann seine neue Freundin Lea mit und wir verstanden uns gut. Lea und ich fingen eine Affäre an und sexteten auch zwischendurch, sodass wir einige Nacktbilder im Chat hatten.

Ein paar Tage nachdem Phillipp und Lea umgezogen waren, wollte ich Lea fragen, wann wir uns das nächste Mal sehen. Mir fiel auf, dass die Bilder aus dem Chat gelöscht waren und ich fragte sie, ob das einen bestimmten Grund habe. Als nach einigen Tagen nichts kam, fragte ich erneut und zwar diesmal direkt, ob Jeany und/oder Marcel etwas über mich erzählt hätten. Wieder bekam ich keine Antwort. Daraufhin wurde ich sauer und blockierte sie. Dass sie mich schon vorher auf Instagram blockiert hatte, fiel mir erst danach auf.

In etwa die gleiche Zeit fiel ein Posting von mir in einer Instagram-Story, in der es um Narzissmus ging. Mit Melina hatte ich in letzter Zeit geschrieben und sie berichtete immer mal wieder von Erkenntnissen über ihren narzisstischen Ex-Freund. Ich glaubte, dass das mehr Menschen betraf und teilte ein Bild von einer Infoseite, wie man narzisstische Menschen erkennt.

Was ich nicht erwartet hatte: ich wurde von Natascha angeschrieben, was mir einfiele, das zu teilen. Ich verstand überhaupt nicht, was los war und glaubte, dass ich vielleicht eine Triggerwarnung vergessen hätte. Erst nach einigem hin und her sagte sie, dass ich mit dem Posting "doch Jeany meine". Ich stritt das ab, sie gab sich damit nicht zufrieden und blockierte mich.

Auszug

Mai 2021

Als ich auszog, war wieder mal niemand zuhause. Jeany verabschiedete sich am Tag vorher und Juli kam nach Hause, kurz bevor ich los fuhr, sagte aber keinen Ton. Mohammed kam von der Arbeit und half mir beim Umzug, der eigentlich schon eine Woche vorher statt finden sollte, aber wegen eines kaputten Aufzugs verschoben wurde.

Eigentlich wollte mir Melina noch helfen, zumindest hatte sie für eine Woche vorher zugesagt. Als ich ihr von der Umplanung berichtete, meinte sie, sie hat "keine Zeit" aber war ungewöhnlich wortkarg. Ich akzeptierte dies und ging davon aus, dass Mohammed und ich das zu zweit schaffen würden.

Der Aufzug war bei diesem Umzug übrigens immer noch kaputt und so wohnte ich eine Woche lang ohne Möbel in meiner neuen Wohnung im 7. Stock: die Möbel standen nämlich im Keller.

Kontaktabbruch

Juli 2021

Nachdem ich mich 2-3 Wochen später halbwegs eingerichtet hatte, wollte ich Undine eine Nachricht schreiben. Wir hatten Anfang des Jahres ein Date, bei dem wir Sex hatten aber sie eine Woche später meinte, dass sie sich nicht sicher war, ob sie es zu diesem Zeitpunkt wirklich wollte. Sie hatte sich aber nicht getraut, mich zurückzuweisen. Für mich war das ein Schock, war das doch immer meine größte Angst gewesen. Wir trafen uns im Schanzenpark und sprachen über die Situation aber ich war mir sicher, nicht mehr mit ihr schlafen zu wollen. Wir blieben aber befreundet und trafen uns noch einige Male. Die letzte Nachricht war, dass wir uns nach meinem Umzug wieder sehen wollten.

Ich fragte sie also, wie es ihr geht und bot ihr ein Treffen an. Das war vormittags. Als ich nachmittags auf mein Handy schaute, war ihr Profilbild in Telegram weg und Nachrichten kamen nicht mehr an: sie hatte mich blockiert. Ich war völlig fassungslos über solch ein indiskutables Verhalten, immerhin hatte ich noch nicht einmal eine Erklärung bekommen. Ich fragte auch andere Freund*innen und alle meinten, dass ich ein Recht darauf habe zu erfahren, was los ist. Ich schrieb Undine also auch bei einem anderen Messenger, aber erhielt nie eine Antwort.

Später an diesem Tag entdeckte ich, dass Melina mich ebenfalls bei Telegram blockiert hatte. Zuerst dachte ich, sie mache vielleicht wieder eine Social-Media-Pause, aber als ich ihr Profil auf Instagram und Facebook nicht mehr fand und auch Profilbilder bei anderen Messengern verschwunden waren, war mir klar, was Sache ist. Ich versuchte sie anzurufen. Sie ging ran, aber nachdem ich sagte, wer ich bin, legte sie auf.

Bei der Gelegenheit entdeckte ich auch, dass Jeany mich schon auf Facebook und Whatsapp blockiert hatte. Bei Telegram war ich noch nicht blockiert, also schrieb ich ihr dort und fragte, ob sie weiß, was da los ist - und dass ich mir nicht vorstellen kann, dass alle gerade "einfach so" auf die Idee kommen, mich zu blockieren, sondern den Verdacht habe, dass irgendjemand etwas über mich erzählt. Ich drohte auch, das Verhalten dieser Menschen öffentlich zu machen, wenn ich nicht erfahre, was los ist. Sie antwortete, dass sie "von Anfang an wusste, wie ich drauf bin", wenn ich so eine Drohung ausstoße und dass ich niemanden zwingen kann, mit mir zu reden. Außerdem wären vielleicht einfach Leute "not amused" gewesen, dass ich in meiner Abschiedsnachricht auf Telegram geschrieben habe, die Menschen die mich ignorieren, können mich mal. Abschließend schrieb sie, dass sie mich gebeten hatte, sie nicht mehr anzuschreiben und ich mich daran nicht gehalten habe, also würde sie mich jetzt auch hier blockieren.

Auch ein paar andere Menschen aus dem ehemaligen Baumacker-Universum schrieb ich an, aber war entweder schon blockiert oder bekam keine Antwort. Insgesamt den Kontakt abgebrochen haben: Jeany, Marcel, Juli, Maria, Lea, Phillipp, Natascha, Melina, Undine, Max, Lina (Seite 139) und Beth.

12 Menschen auf einen Schlag. Das war wirklich hart für mich. Mein komplettes soziales Umfeld brach weg.

Marcel und Lucy

August 2021

Gute Freund*innen standen aber weiter zu mir. Einige meiner Freund*innen, die selbst öfter schon in der WG waren, wurden teilweise genauso blockiert und aus Chatgruppen entfernt.

Lucy fragte ich einige Wochen später, ob sie Lust hat, mit mir ein verlängertes Wochenende zu verbringen. Sie antwortete, dass sie gern mit mir telefonieren würde.

Ich ging also spazieren und rief sie an. Es war ein sonniger Tag, ich lief durch den Stadtpark und nach einigem Smalltalk über unsere aktuellen Befindlichkeiten und die bevorstehende Bundestagswahl wollte sie mir etwas erzählen: Marcel hatte sie angerufen. Die beiden hatten seit der Pleasure Party (Seite 97) eine romantische Beziehung und telefonierten regelmäßig miteinander. Sie beobachtete aber, dass das Verhältnis von Marcels Seite aus kühler geworden sei.

Bei ihrem Telefonat drückte sie ihm das auch aus und fragte Marcel, ob ihm etwas auf dem Herzen lag. Da er rumdruckste und es nicht gerade raus erzählen wollte, schlug Lucy vor, von der Rolle der Freundin in die Rolle der Psychotherapeutin (die sie auch ist) zu schlüpfen. Damit stand sie unter Schweigepflicht. Marcel stimmte dem zu und erzählte.

Was genau er erzählte, weiß ich natürlich nicht. Aber nachdem er fertig war, ging er laut Lucys Bericht davon aus, dass
sie umgehend den Kontakt zu mir abbrechen werde. Sie antwortete, dass sie nicht mal daran denken würde, weil das ja ein
Konflikt zwischen ihm und mir sei, was Marcel wütend werden
ließ.

Er fing daraufhin an, mit allerlei psychologischen Fachbe-
griffen um sich zu werfen, woraufhin Lucy ihn aufklärte, dass
sie diejenige mit Ahnung sei. Dann fing er an, sie zu beschimp-
fen, sie sei "ja keine Feministin", wenn sie weiterhin Kontakt
zu mir hielte. Sie entgegnete, Ghosting sei ja "auch Gewalt".

Marcels Verhalten hier hat mich besonders schockiert, und
zwar gleich doppelt: Was wird über mich erzählt, dass ich
Sexistisches, Gewaltvolles getan hätte? Und wie zum Teufel
kommt ein Cis-Mann auf die Idee, einer wirklich belesenen
und aktivistischen Feministin ihren Job zu erklären sowie ihre
politische Haltung abzusprechen?

Marcel erklärte ihr, dass er keine Beziehung mehr mit ihr
haben könne, wenn sie den Kontakt zu mir nicht abbrechen
würde. Sie verneinte dies und er beendete das Gespräch. Nachdem sie mir von diesem Anruf erzählte, musste ich mich hinset-
zen. Mir war schwindlig und schlecht und ich verspürte Trauer,
Angst und Wut.

Trauer, weil ich nie wollte, dass Lucy in diesen Konflikt
hineingezogen wird. Sie ist die loyalste Person, die ich kenne und eine meiner besten Freundinnen. Von ihr würde ich
als letztes erwarten, in einem Konflikt nicht beide Seiten an-
zuhören. Ich war sehr froh darüber, dass sie auch in diesem
Fall nicht voreingenommen war, aber es bestürzte mich, dass
Marcels Verhalten sie natürlich nicht kalt ließ.

Angst, weil ich nicht wusste, was über mich erzählt wird -
aber zumindest hatte ich einen Anhaltspunkt, dass es "unfemi-
nistisch" und "gewaltvoll" war. Marcel war davon überzeugt,
dass mir "zur Genüge" mitgeteilt wurde, woran es lag, aber

dies ist eine Lüge. Ich habe bis heute nicht erfahren, was mir vorgeworfen wird. Ich schrieb nach diesem Telefonat in meinem Blog *mental anarchy* einen Post, um dem etwas entgegenzusetzen (Seite 141). Außerdem setzte ich den Podcast *monokultur Revisited* auf, um einen realen Einblick zu geben, was in Jeanys und meiner Poly-Beziehung schief lief - ich konnte die Schönfärberei von *monokultur.fm* nicht so stehen lassen.

Und dann war da die Wut. Gegen die gesamte WG, Jeany und alle, die mich ohne Vorwarnung blockierten - aber speziell gegen Marcel. Ich habe noch nie so viel Verachtung für eine Handlung empfunden, wie für seinen Anruf bei Lucy. Das hat nichts mit konsensuellen Beziehungen oder achtsamer Kommunikation zu tun. Werte, auf die wir die WG ursprünglich haben aufbauen wollen.

Nachwort

2021

Niemand, der mal in dieser WG gewohnt hat, hat noch Kontakt zu ihr. Diese Red Flag hätte mir schon eher klar sein können. Trotzdem schaffte ich es nicht, mich früher aus dieser Hölle zu befreien - ich hatte zu viel investiert.

Freund*innen meldeten mir damals schon zurück, dass ich mich verändert hätte, seit ich dort wohnte. Ich war so herzlos zu Judith (Seite 35), weil ich eben nicht Flo war, sondern jemand anderes. Jemand, der ich dachte, sein zu müssen. Jemand, der ich eigentlich nie sein wollte. Und jemand, der sich für das schämte, was er geworden war. Dies gipfelte darin, dass ich ab Sommer 2020 begann, mich *Ely* zu nennen. Diesen Namen habe ich nach meinem Auszug wieder abgelegt, denn er beinhaltet dieses Trauma.

Ich weiß auch, dass ich mir Dinge schnell zu Herzen nehme, vor allem von Menschen, die mir nahe stehen. Eine Freundin sagte während dieser Zeit einen Satz, der mir im Gedächtnis geblieben ist: "Deine Mitbewohner*innen halten dich für empathielos? Du bist das Gegenteil davon! Frag doch auch andere Leute und nicht nur die, mit denen du zusammen wohnst."

Vielleicht musste ich die Erfahrung in dieser WG machen, um zu sehen, wer ich nicht bin. All das aufzuschreiben, trägt zu meiner Heilung bei.

Anhang

Blogpost "Zurück" auf mental-anarchy.de

11. November 2020

Kann nicht schlafen. Vermisse dich zu sehr. Es ist einsam in deinem Bett. Ohne dich.

Ich genieße auch die Zeit alleine. Um ein bisschen Abstand zu bekommen.

Von allem, was passiert ist. Zwischen uns.

Ich bin so ambivalent. Ich liebe dich. Über alles? Leider? Noch?

Ich merke, wie ich mich distanziere. Es fühlt sich nicht richtig an. Ich versuche es aufzuhalten, aber es geht nicht. Ich kann es nicht aufhalten.

Will ich es aufhalten? Und warum?

Ich habe Angst. Angst, dass du für mich nicht mehr besonders bist. Angst, dass ich uns nicht mehr zu schätzen weiß. Angst, dass wir uns verlieren.

Aber ich kann nicht bestimmen, was passieren wird. Ich kann es nicht aufhalten.

Blogpost "Meer" auf mental-anarchy.de

14. November 2020

Ich weiß gerade überhaupt nichts mit mir anzufangen. Quarantäne schlaucht. Du fehlst.

Ich kann mir nicht vorstellen, wohin mein Leben noch gehen soll. Es tut jedes Mal weh. An dich zu denken. An uns zu denken. An dich und ihn zu denken. Hättest du irgendetwas anders gemacht, wenn du konntest? War es dir das alles Wert?

Ich weiß einfach nicht weiter. Ich dreh mich im Kreis. Wie konnte ich es nur nicht merken, was das alles mit mir macht. Ich komme nicht weiter, so sehr ich auch nachdenke oder versuche, mir etwas Gutes zu tun. Ich empfinde keine Freude mehr, keine Zuversicht. Ich würde am liebsten Aufwachen und merken, dass das alles ein böser Traum war. Oder einschlafen und nie wieder Aufwachen.

Und ich denke an dich, wie du bei ihm im Bett liegst, mit seiner Katze kuschelst und eure Beziehung schön ist. Ich freu mich auch für dich, dass du jemanden gefunden hast, der dir wirklich gut tut. Ich bin es nicht gewesen. Ich werde weiter nach jemandem suchen müssen, der mich aushält.

Ich glaube dir, dass ich dir wichtig bin, aber das reicht mir nicht. Ich möchte geliebt werden. Ich werde nicht geliebt. Es zerreißt mir das Herz.

Ich denke manchmal, ich habe alles unter Kontrolle. Meistens aber spüre ich Kontrollverlust, schwer wie Blei. Ich konnte dich nicht glücklich machen und ich kann es immer noch nicht. Ich weiß nicht mal, ob ich mich freue dich zu sehen oder lieber nicht daran denke. Beides fühlt sich unglaublich schwer an.

Du bist die wichtigste Person in meinem Leben, mein Anker. Ohne dich treibe ich führungslos auf dem Meer.

Wo haben mich meine Entscheidungen hin geführt? Ich fühle mich schlecht, bin nicht imstande, mir selbst zu helfen. Oder mir selbst genug zu sein. Ich kann die Last fast nicht mehr ertragen.

Und ich weiß noch nicht mal, ob ich dir das alles sagen soll. Du hast genug unter mir gelitten. Ich hab dich nicht verdient. Wenn ich dein Profilbild ansehe, empfinde ich nur Liebe. Es tut mir leid.

Es tut mir leid, dass ich das alles geschrieben habe. Es muss sich doof anfühlen, zu so etwas aufzuwachen, aber mach dir bitte keine Sorgen. Nicht um mich.

Nachricht an Juli

Der Reihe nach:

* mir geht es nicht um dich oder um das Bild von Noel

* mich hat es super fertig gemacht (und macht es immer noch) wenn Marcel hier ist und mit Jeany im Nebenzimmer vögelt, das war/ist euch allen egal (zumindest war Marcel vermehrt hier und spielt in der WG bei euch allen eine Rolle)

* ich habe mich damit abgefunden, dass hier niemand alleine vorpreschen kann, so stark seine/ihre Gefühle auch sein mögen. Wenn z.B. alle Marcel mögen und es mich triggert, weil er mich an Bullies aus meiner Kindheit erinnert, dann muss ich damit umgehen können, anstatt es auf euch abzuwälzen

* jetzt hast du gestern das Bild von Noel abgenommen, ohne mit mir oder jemand anderem drüber zu sprechen. Du hast also genau das gemacht, was ich nie durfte - deine Gefühle über alle anderen gestellt. Das hat mich wütend gemacht und verletzt.

* wie du siehst, geht's hier nicht um dich oder um das Bild von Noel, sondern um was ganz Grundsätzliches in der WG: Veto oder Konsens? Es kann nicht sein, dass Marcel hier

ist, obwohl ich das nicht möchte, aber wenn ich Noel einladen wollen würde, dann darf ich das nicht.

Letzte Nachricht an Lina

8. August 2021

Hej Lina, du bekommst jetzt doch noch einmal eine Nachricht von mir, bevor ich mich von dir verabschiede. Auch weil ich gesehen habe, dass du mich auf Insta schon blockiert hast.

Ich bin wirklich enttäuscht. Nicht von der WG oder Jeany - ich wusste, dass sie ein Problem mit mir haben. Aber ich bin enttäuscht von dir, von Max, von Melina und Undine. Weil ich euch als meine Freund*innen bezeichnet habe. Weil ich nie gedacht hätte, dass ihr mich alle einfach so blockiert.

Du weißt so gut wie ich, was das mit Menschen macht. Menschen bringen sich um wegen sowas. Weil man sich allein gelassen fühlt und nicht versteht, was überhaupt los ist. Denk daran, dass du für sowas Verantwortung trägst, wenn du das nächste Mal in so eine Situation kommst. Ich bin psychisch stabil aber vielleicht ist es der/die nächste nicht.

Ich weiß nicht, warum ihr mich alle blockiert. Niemand von euch hat je mit mir darüber gesprochen. Ich habe lange gebraucht, den Wunsch loszuwerden, zu wissen, warum. Ich will es jetzt gar nicht mehr wissen. Es ist egal, was ihr über mich denkt. Freund*innen machen so etwas nicht und selbst wenn etwas so schlimmes passiert ist, dass man keinerlei Kontakt

139

mehr mit der Person haben will, kann man das kurz kommunizieren. Dass das nicht passiert ist, sagt viel über euch aus.

Ich hoffe sehr, dass du dir das nächste Mal mehr Gedanken machst, wen du ghostest und vielleicht mal ein bisschen Mut und Verantwortung zeigst, anstatt einfach abzuhauen und Menschen, die niemandem etwas getan haben, vor den Kopf zu stoßen.

Leb Wohl, Lina.

Blogpost "Soziale Isolation ist Gewalt" auf mental-anarchy.de

18. September 2021

Ich klage euch an. Euch, die ich mal "Freund:innen" genannt habe. Euch, mit denen ich zusammen gewohnt habe. Euch, mit denen ich alles geteilt habe.

Ich klage euch an.

Ihr setzt meine Freund:innen unter Druck, den Kontakt zu mir abzubrechen. Nie hätte ich gedacht, dass jemand so feige und niederträchtig sein kann.

Alle habt ihr mich geghostet. Schon seit meinem Umzug habt ihr den Kontakt abgebrochen. Mich blockiert, nachdem ich euch geschrieben habe. Nachdem ich fragte, was ich getan habe. Alle auf einmal.

Acht Menschen. Menschen mit denen ich Beziehungen führte. Gleichzeitig. Einfach fort aus meinem Leben.

Ihr bleibt eine Erklärung schuldig. Die einzige Erklärung, die von Jeany kam, war, dass ich Marcel geshamed hätte. Ist es das was du meinst – dass ich dir aus meinem Tagebuch vorgelesen habe? Dir Einblick in mein tiefstes Innerstes gegeben

141

habe? Mein Innerstes, für das ich mich geschämt habe? Zwei Sätze, die von mir nicht ok waren. Und das wirfst du mir jetzt vor?

Ich bin es leid, bestraft zu werden, ohne die Anklage gesehen zu haben. Deshalb klage ich jetzt euch an. Öffentlich. Das Gegenteil von dem, was ihr gemacht habt.

Ihr habt es nicht geschafft, mich zu isolieren. Ihr habt euch dagegen selbst isoliert. Und von wirklichen Freund:innen. Ich habe echte Freund:innen – was ist mit euch?

Ich könnte jetzt sagen, dass die Zeit mit euch eine einzige Lüge gewesen wäre. Aber es waren viele schöne Momente dabei. Ich hätte nur nie gedacht, dass es so endet. Ich habe mich in euch getäuscht. Ihr seid nicht die, die ihr vorgebt zu sein.

Ihr verdient keinen Platz in meinem Leben. Nie mehr. Nicht auf diesem Blog, nicht in meinem Kopf und nicht in meiner Geschichte.

Ich bestimme den Schlusspunkt.

Danksagung

Ich danke mir selbst - dass ich das alles durchgestanden habe.